残酷な世界の果てで、君と明日も恋をする

水瀬さら

STARTS
スターツ出版株式会社

消えちゃってもいいかなって思った日。
歩道橋の上で、きみと出会った。

いい加減で、うそつきで、腹が立って仕方ないのに。
でもなぜか気になって、その言葉やその表情に、いちいち感情を揺さぶられて。

「また明日！」

きみがいるなら、明日も生きていいかなって。
明日もまた生きてみようかなって……そう思えたんだ。

目次

残酷な世界の果てで、君と明日も恋をする

第一章　明日なんか、来なければいいのに。

1

頭のなかに渦巻《うずま》く、甲高《かんだか》い笑い声。
どんなに耳をふさいでも、離れてくれない。
明日もまた、こんな日が続くの？
明日もまた、あの笑い声を聞かなきゃいけないの？
明日なんか、来なければいいのに。
歩道橋の真ん中で立ち止まる。
遠くの空が、淡いピンク色に染まっている。
やがて夜が来て、また朝が来る。
明日は必ずやってくる。
だったら——。
国道を走る車を見下ろし、手すりに手をかけた。
交差点に灯《とも》る赤信号。
遠くで鳴り響くクラクション。
だったら、わたしが消えちゃえばいいんじゃない？

手すりをつかんだ手に、ぐっと力を込めた、そのとき——。

「あのー」

ビクッと心臓が跳《は》ねた。

「ちょっと道、教えてほしいんだけど」

ゆっくりと振り返ったわたしの目に、見知らぬひとの姿が映る。

すらりと細身で背が高い、黒いジャケットを着た高校生くらいの男。

髪は金髪に近い明るい色で、整った顔立ちをしている。

長めの前髪の隙間から、切れ長の瞳がこちらを見ていて、口元にはうっすらと笑みを浮かべていた。

「駅ってこっちであってる？　このへん、久しぶりだから忘れちゃって」

白い息を吐いた男が、右に見える階段を指さして言う。

わたしは黙ったままうなずいた。

「あー、やっぱ、こっちか。どうも」

安心したように微笑むと、男は右に向かって歩きだす。

しかしすぐに振り向いて、わたしに聞いた。

「それ、西城高校《さいじょうこうこう》の制服だよな？　おれも明日からそこ通うんだよね」

「え……」

「もしかしたら、また会うかもな」

戸惑うわたしにかまわず、男はしゃべり続ける。

「おれ、幸《こう》野《の》悟《さとる》。あんたは？」

わたしは顔をしかめた。

なんなの？　このひと。馴《な》れ馴れしい。

道を聞かれただけのひとに、なんでわたしの名前を教えなきゃならないの？

わたしがまた黙り込んだら、幸野という男が声を立てて笑った。

「あ、ごめん、ごめん。べつにおれ、怪しいものじゃないよ。同じ学校ならお礼がしたくて」

「……いりません。お礼なんか」

「あ、そう？」

そう言ってへらっと笑ったあと、幸野は真顔でわたしを見た。

まっすぐすぎる視線が、針のように突き刺さる。

わたしはすっと顔をそむけ、左の階段に向かって歩きだす。

「ありがとな！」

無視して進むわたしに、幸野が叫ぶ。

「また明日！　池澤莉緒《いけざわりお》さん！」
「え？」
振り向いたわたしを見て、満足そうに笑いかけ、幸野は反対側の階段から下りていく。
どうして？　どうしてわたしの名前を知ってるの？
しかも明日から、うちの学校に通うって言ってた。
ぞくっと背筋が冷えた。寒気がして、両手で自分の腕をさする。
気持ち悪い……変なひと。
わたしはマフラーを巻き直し、逃げるように階段を駆け下りる。
明日なんか、来なくていいのに……。
今日ですべてが終わるはずだったのに……。
あの男に邪魔《じゃま》されたせいで、わたしは明日も生きなきゃいけなくなった。
階段を下りたところで、ランドセルを背負った小学生たちとすれ違う。
『また明日！　池澤莉緒さん！』
さっきの声が、耳に響く。
頭に浮かんでくるのは、小学生のころ、いつも一緒に帰っていたあの子の顔。
分かれ道で手を振って、『また明日！』って言いあって別れた。

あのころは、また明日会えることが、嬉《うれ》しくて楽しみで。

だから『また明日』なんて言われたら、あのころみたいに明日に期待してしまう。

明日になれば、なにかが変わるかもって思ってしまう。

——変わるはずなんてないのに。

どうしようもなく胸が苦しくなって、わたしはくちびるを噛《か》みしめた。

「莉ー緒！」

もやもやした気持ちのまま、夕暮れの歩道を歩きはじめたところで、再び名前を呼ばれた。

綺麗《きれい》にネイルした指先を、ひらひらさせながら駆け寄ってくるのは、五歳年上のお姉ちゃん——池澤莉乃《りの》。

茶色い巻き髪をふわりと揺らし、つやつや輝くくちびるで話しかけてくる。

硬くて黒い髪のボブヘアで、メイクもしていないわたしとは大違いだ。

「どうしたのー？　莉緒。なんか怖い顔してるー」

となりに並んだお姉ちゃんが、わたしの顔をのぞき込み、きゃはははっと陽気に笑う。

わたしは無理やり口元を引き上げ、ぎこちない笑顔をつくった。

「なんでもない。ちょっと変なひとに声かけられて……」

「ええっ、やだそれ、なんでもなくないよ！　気をつけな、あんたあたしに似てかわいいんだから！」

大げさに驚いた顔をするお姉ちゃんに、もう一度笑いかける。

「お姉ちゃん、もうバイト終わったの？　今日は早いんだね？」

「うん。これからサークルの飲み会あるから。早めに上がらせてもらったんだ」

そう言って、持っていた小さな箱をわたしに見せる。

お姉ちゃんがバイトをしている、ケーキ屋さんの箱だ。

「また店長から試作品もらってきたよ。一緒に食べよ！」

「わぁ、やったぁ」

「莉緒の好きなイチゴものってるからね」

お姉ちゃんの長いまつげがぱちぱちと瞬《またた》く。

わたしはそんなお姉ちゃんの前で「嬉しい」と微笑む。

明るくて、友達がたくさんいて、いつも楽しそうなお姉ちゃん。

小さいころからお姉ちゃんは、わたしの憧れのひとだった。

でもお姉ちゃんみたいにはなれない。

地味で口下手で、とろくて鈍感なわたしは、お母さんからあきれられている。

並んで歩きだしたお姉ちゃんの真っ白なコートから、ふわりと甘い香りが漂《ただよ》ってきた。

　生クリームみたいな、いい匂い。

　だけどわたしは——。

　赤い染《し》みのついた制服のスカートを、きゅっと握りしめる。

「あれ？　どうしたの、そのスカート。汚れてるじゃん」

「う、うん。お弁当のケチャップこぼしちゃって……」

「もうー、またこぼしたの？　莉緒は小学生から変わんないねぇ。またお母さんに怒られるよー？」

　お姉ちゃんがけらけら笑う。わたしもそのとなりで笑う。

　汚れたスカート。女の子たちの笑い声。飛び散った真っ赤なケチャップ。

『また明日！　池澤莉緒さん！』

　再び浮かんできた声を、無理やり振り払う。

　明日もわたしは、あの教室に行かなきゃいけなくなった。

　それもぜんぶ、さっき会った幸野という男のせいだ。

2

ぺたぺたと学校の廊下を歩く。

真冬の朝。足の裏がひんやりとつめたい。

「えー、マジでー！」

「うん！　さっき職員室にいるとこ、見たんだもん！　うちの担任と話してた！」

教室のなかから、あの甲高い声が聞こえてくる。

その途端、踏《ふ》みだす一歩がずしんっと重くなる。

それでも無理やり足を動かし、わたしは二年三組の教室に入った。

「それがさ、けっこうイケメンだったんだよ！」

「優奈《ゆうな》の『イケメン』はあてにならないからなぁ」

「たいしたことなかったら、怒るからね！」

「ほんとだってばー！　マジでカッコよかったから！」

窓際の席から、きゃははっと女子生徒たちの笑い声が響く。

わたしは気配を殺すようにして、自分の席に向かう。

この教室のなか、誰よりも大きな声でしゃべっているのは、剣持《けんもち》あかりだ。

その声が耳に聞こえるたびに、わたしの心臓がきゅっと縮まる。

自分の席の椅子《いす》を引いたら、座面にべったりと赤いものが塗られていた。

ケチャップだ。

立ちつくすわたしの背中に、あかりやあかりと同じグループの優奈たちの笑い声が響く。

そちらを見なくても、わたしのことを笑っているんだってわかる。

昨日は気づかないで座ってしまい、スカートを汚してしまったんだ。

学校でこんなことをされるようになったのは、二年生に進級して、小学生から仲が良かったあかりと、同じクラスになったころから。

最初は仲間はずれにされたり、陰で悪口を言われたりするくらいだったけど、次第に嫌がらせがエスカレートしてきた。

いまはもう、上履《うわば》きを隠されたり、制服を汚されたりするのはいつものこと。

クラスのみんなは、カースト上位のあかりに逆らえなくて、一緒になって嫌がらせをしてくるか、見て見ぬふりをしている。

わたしは一度だけ「学校に行きたくない」とお母さんに言ったことがある。

お母さんは「どこか痛いの?」「熱でもあるの?」と心配してくれたけど、「学校でいじめられてる」とは言えなかった。

結局、「どこも悪くないなら学校行きなさい」って怒られてしまい、わたしは学校を休むこともできず、先生に相談する勇気もなく、仕方なく毎日登校している。

笑い声の響くなか、わたしはポケットからティッシュを取りだし、椅子の上を拭《ふ》いた。

一枚じゃ足りなくて、二枚、三枚……結局ポケットティッシュをぜんぶ使ってしまった。

それと同時にチャイムが響く。わたしは黙って席に着く。

「ヤバっ、イケメン来た！」

「マジ？　見せて！」

「あたしもあたしも！」

あかりや優奈たちがバタバタとドアのほうに集まって、廊下をのぞいている。

「こらー、なに騒いでる！　席に着け！」

担任の男の先生が入ってきた。

あかりを先頭に、女の子たちがキャーキャー騒ぎながら自分の席へ戻る。

わたしはぼんやり、黒板の前に立つ先生の姿を見る。

そのとき、「えっ」と声を漏《も》らしそうになった。

「もう噂《うわさ》になってるようだが……今日は転校生を紹介するぞー」

「来た！　転校生！」

「待ってました！」

「静かに！　興奮するんじゃない！」

　ざわつく教室のなかで思い出す。

　そういえば昨日、歩道橋で会った男が、わたしの制服を見て言っていた。『おれも明日からそこ通うんだよね』って。

　でもまさかあの男が、同じクラスに転校してくるなんて……。

「じゃあ、幸野くん。みんなに挨拶《あいさつ》して」

「はい」

　先生のとなりにいた男子生徒が、一歩前に出た。

　ついさっきまで大騒ぎだった教室が、しんっと静まり返る。

　そんななか、みんなの前に立った彼が口を開いた。女の子にモテそうな顔に、笑みを浮かべて。

「えっと、東京から来た、幸野悟です。四年生までとなり町の第一小学校《だいいちしょうがっこう》に通ってたんで、もしかして知ってるひと、いるかもしんないです」

「あー！」

　するとあかりが大声を上げて、立ち上がった。

「知ってる！　悟くん！　あたし、剣持あかり！　覚えてない？」

幸野悟があかりを見た。そして少し考えたあと、「あー、二年生のとき同じクラスだった、あかりん！」と叫んだ。

途端にあちこちから笑いが漏れる。

あかりが「きゃっ」と肩をすくめ、長い黒髪を指先にくるくると絡《から》めた。

「やだぁ、その呼び方、懐かしすぎ！」

「あかりって、あかりんって呼ばれてたの？」

「かわいい！」

教室中がまたざわめきはじめる。

あかりはその中心で、幸野に向かって言う。

「そうだよー、久しぶり、悟くん！　このクラスで第一小だった子は、あたししかいないけどねー」

「え？」

幸野が不思議そうに首をかしげてから、ゆっくりとわたしに視線を向けた。

わたしはビクッと体を震わせる。

「もうひとりいるよな？」

わたしと幸野の目が合う。

「池澤莉緒さん」

ぞくっとまた背中が冷えた。

なんなの、このひと。

たしかにわたしは第一小だったけど……こんなひと知らない。

それなのにこいつは、小学生のころから、わたしを知っていたっていうの？

もしかしてそれで、昨日も声をかけてきたの？

するとわたしの耳に、あかりの声が聞こえてきた。

「ああ、そういえば莉緒も第一小だっけ。あんたいたの、忘れてたよ」

あかりの声に、まわりの女の子がくすくす笑う。

わたしはうつむき、背中をまるめる。

すると幸野が、この場をまとめるように言った。

「まぁとにかく、こっち来たのは七年ぶりなんで。いろいろ教えてください。よろしくお願いしまぁす！」

教室からパチパチと拍手が起こる。

「じゃあ剣持と池澤。同じ小学校出身のよしみで、幸野くんに学校のことや町のこと、教えてやってくれ。頼んだぞ」

「はぁい」

先生の声にあかりが答えた。だけどわたしは返事ができない。

ただうつむいて、スカートの上で手を握る。

「じゃあ幸野くんは、窓側の一番後ろの席に」

「はい」

幸野が先生に返事をした。窓側の一番後ろだったら、わたしの席の横を通る。

そんなことを思ったわたしの耳に、声が聞こえた。

「よろしく、池澤さん」

ハッと顔を上げると、そばを通った幸野がわたしを見て、意味ありげに微笑んだ。


その日の休み時間は、いつもよりにぎやかだった。

転校生の幸野のまわりに、男子も女子も集まっている。

中心となって話しかけているのは、やっぱりあかりだ。

わたしは机の上に文庫本を広げたまま、さりげなく斜め後ろを振り返る。

「悟くん、転校してからずっと東京で暮らしてたの？」

「うん、そう」

「こっちに戻ってきたのは、おうちの都合かなんか？」

「あー、まぁ、そんなとこ。久しぶりすぎて、昨日なんか迷子になりそうになってさ。

かわいい女の子に助けてもらった」

「なにそれー」

きゃはは っと楽しそうに笑うあかり。

あかりが一目で幸野を気に入ったって、わたし以外のみんなも気づいているはず。

あかりは見た目がよくて、ノリのいい男子が好きなんだ。

あかりのそばで幸野も笑い、わたしのほうをちらっと見た。

わたしはあわてて、文庫本に視線を移す。

かわいい女の子って、言ったよね？　それって……。

おかしなことを考えている自分に気づき、ぶるぶるっと首を横に振る。

わたしが「かわいい女の子」のわけない。

きっとわたしをからかうために、わざと聞こえるように言っているんだ。

「そういえば悟くんって、サッカー習ってなかった？」

あかりの声が聞こえる。

「ああ。サッカークラブに入ってたんだ。あのころはけっこう、ガチでやってたから」

「え、そうなのか？　てことはサッカー部入部希望？」

サッカー部の木村《きむら》くんが話に加わってくる。

「あ、いや、もうおれ、サッカーはやめたんだ」

「えー、なんでー？　うまかったよね？　体育でサッカーやったときのこと、あたし覚えてるよ？　ガンガンシュート決めて、カッコよかったじゃん！」

「じゃあ入ってくれよ。頼む！　うちの部、人数少なくてヤベーんだ」

木村くんの声に、幸野が答える。

「ごめん。おれの華麗《かれい》な足さばきを披露《ひろう》したいのはやまやまなんだけど、バイトしたいんだよね。金ないし」

「おいおい、高校生の青春はバイトよりサッカーだろ？」

「ほんと。もったいない」

「や、おれ、前の学校で遊びすぎて、マジでいま金なくて。これじゃ彼女をデートに誘えないし」

「え、幸野くん、彼女いるんだ？」

「いや、いないけど」

あははっとまわりのみんなが笑いだす。

幸野はあっという間に、このクラスに溶け込んでいる。

東京から舞い戻ってきたイケメンってだけで注目の的なのに、もともとコミュニケーション能力も高かったのかもしれない。

たくさんの笑い声を聞きながら、わたしは小学生のころを思い出す。

サッカーがうまくて、人気者だったみたいな幸野。でもわたしは幸野のことなんて、なにも覚えてない。

男の子には興味なかったし、話すのも苦手だったし。

人づきあいがあまり得意でないわたしは、一部の仲の良い女の子たちと一緒にいられれば、それだけで十分で……。

「池澤さん！」

幸野の声がわたしを呼んだ。びくっとまた背中が震える。

「池澤さんも、こっち来れば？」

「あー、ちょっと、悟くん？」

すかさずあかりが口を出す。

「悟くんは知らないだろうから教えてあげるけど。あの子のことはほっといてあげて」

「え？」

うつむいたわたしの耳に、あかりたちの声が聞こえてくる。

「なんかあたしたちとはしゃべりたくないみたいだし。てか、おとなしそうな顔して、泥棒みたいな真似《まね》する子だから」

わたしは膝《ひざ》の上で両手をぎゅっと握る。

「ひえっ、出た。あいかわらず剣持はキツイよなぁ」

木村くんの声に、あかりが言い返す。

「は？　先にひどいことしたのはあっちだからね！」

「うわ、おれ、授業の準備しなくちゃ」

木村くんがあわてて逃げだす。あかりからの、とばっちりを受けたくないんだろう。

「ひどいことって……」

黙っていた幸野が口を開いた。

「上履きでも隠された？」

その言葉に息が詰《つ》まる。

「は？」

「で、その泥棒された仕返しにおんなじことしてるわけ？」

「な、なに言ってるの？」

あかりの声が低くなる。

わたしは耐えきれなくなって、幸野を見た。

幸野はあのまっすぐな目で、あかりのことを見つめている。

「そんな小学生みたいなこと、いまだにやってんの？」

あかりのくちびるが震えている。

教室内の空気がぴりっと凍りついたのがわかる。

すると幸野が急に、あははっと明るい声で笑いだした。

「やめなよ、だっせーよ、高二にもなって、いじめとか」

「いじめなんかするわけないでしょ！」

「じゃあどうして池澤さんは上履き履いてないんだろ」

わたしはとっさに足元を見る。

足の裏が汚れた靴下。

今朝、下駄箱に入れてあった上履きがなくなっていた。

でもこんなのはよくあることで、きっと校内のどこかに捨てられているんだろう。

そんな日は放課後、学校中のゴミ箱を探しまわらなくてはならない。

最初のころは職員室に行ってスリッパを借りていたけれど、最近は先生に不審がられるから、靴下のままでいる。

わたしはゆっくりと顔を上げる。

するといつの間にかそばに立っていた幸野が、袋に入ったなにかを差しだした。

「え？」

「これ使えば？」

呆然《ぼうぜん》とするわたしに、幸野がそれを押しつける。

おそるおそるなかを見たら、真新しい体育館シューズが入っていた。

わたしはあわてて押し返す。

「つ、使えないよ」

「あ、新品だから、くさくないよ」

「そういう問題じゃなくて……」

「明日返してくれればいいからさ」

幸野は机にシューズを置くと、自分の席に戻っていった。

「悟……あんた莉緒の味方なの？」

あかりの声に、わたしは思わず振り向いてふたりを見る。

「いや」

へらっと笑って幸野が答える。

「おれは誰の味方でもないよ。ただ気づいたことを言っただけ。でもよそ者が口出すことじゃなかったな。疑ったりしてごめん」

幸野があかりの前でぺこっと頭を下げた。

あかりはあきれたように幸野を見下ろしている。

「悟って……変なやつだね？」

「よく言われる。頭おかしいんじゃない？って」

顔を上げた幸野が、また笑った。

くすくすとまわりから笑い声が漏れる。

「ま、いっか。第一小の仲間だもんね。許してあげる」

「や、どうも。あかりん」

あかりがぷっと噴きだす。

「やめてよ、もうー！　その呼び方！」

「え、だって、あかりんはあかりんだろ？」

「あたしもあかりんって呼ぼうかなー」

「あたしもー」

「ちょっ、やめてってばー！」

あかりのちょっと甘ったるい声が教室内に響く。

いつも以上に、楽しそうに。

わたしはふうっと息を吐き、机の上の真新しいシューズを見下ろす。

あかりに歯向かうなんて……このクラスの人間だったらありえない。

てっきり幸野まで、あかりの標的にされるのかと思ったけど……。

チャイムが響く。

わたしは床にそっとシューズを置き、汚れた靴下を脱いでから足を入れてみた。

大きすぎるシューズは、もちろんわたしには合わない。

こんなわたしに、どうしてこんなことをしてくれるんだろう。

幸野悟って……やっぱり変なやつだ。

3

授業が終わるとすぐに、教室やトイレのゴミ箱に上履きがないか探したけれど、見つからなかった。

仕方なく、ぶかぶかの体育館シューズで廊下を歩き、昇降口へ向かう。

明日は家からスリッパを持ってこようと、心のなかで決める。

音楽室のほうから、吹奏楽部の楽器の音が聞こえてきた。

窓の外を見れば、運動部がかけ声を上げている。

ラケットを振るテニス部のなかに、あかりの姿がちらりと見えて、わたしは急いで靴を履く。

そのとき背中に、わたしを呼ぶ声がした。

「池澤さん！」

振り向くと、幸野が駆け寄ってくるのが見えた。

なんで？　なんでわたしのところなんかに？

わたしは眉《まゆ》をひそめて、足を止める。

「よかった、間に合って。はい、これ」

「え？」

幸野がわたしの前で、にこっと笑う。その手には、わたしの上履きが。

「上履き、探してたんだろ？　となりのクラスのゴミ箱で見つけたよ」

わたしは驚きながら、幸野の手から上履きを受け取る。

「あ、ありがとう……」

それから持っていた体育館シューズを袋に入れて、幸野に見せた。

「あの……これも、貸してくれてありがとう。洗って、明日返すから」

小さく頭を下げると、逃げるようにその場を離れる。

しかしそんなわたしの腕を、幸野がつかんだ。一瞬ドキッと心臓が跳ねる。

戸惑ったわたしの手から、幸野は素早くシューズを取り上げた。

「洗わなくていいよ。その代わり、おれと一緒に帰ろう」

「ちょっ……」

幸野はわたしの腕を引っ張るように歩きだす。

「ちょっと待って！」

いま出せる、最大の声を出して足を止めた。

幸野は不思議そうな顔で振り返る。

「な、なんでわたしがあんたと一緒に帰らなきゃいけないの？」

「は？」

「だ、だから！　あんたと帰るなんて、ひと言も言ってない！」

背の高い幸野が、あきれたようにわたしを見下ろす。

「先生に言われただろ？　この町のこととか、おれに教えてやれって」

それは……たしかに言われたけれど。

「また昨日みたいに迷うの嫌だからさ。池澤さんに一緒に帰ってもらおうかと思って。

あの歩道橋の近くなんだろ？　池澤さんち。おれもだし」

「だ、だったら、あかりに……」

そうだ。あかりは部活をやっているんだ。

幸野はふっとわたしに笑いかけると、前を向いてつぶやいた。

「それに……また死のうとしたら困るからさ。池澤さんが」

「え……」

呆然とするわたしの前で、幸野が振り返る。

「死のうとしてただろ？　昨日。歩道橋から飛び降りて」

思わず首を横に振る。だけど胸の奥が騒ぎはじめる。

幸野はまっすぐわたしを見ていた。なんでもわかっているような目つきで。

心の内側まで見透《みす》かされている気がして、なんだか悔しくて、でもどうしてか視線をはずせない。

すると幸野は少し笑って、もう一度わたしに聞いてきた。

「死のうとしてたよね？」

「死のうとなんか……してない」

幸野はくくっと笑い、わたしに言う。

「意外と頑固なんだな、池澤さんって」

「ほんとうにわたし、死のうとなんか……」

「はいはい、わかった。もういいよ。おれ、これから毎日一緒に帰ることにする。そうすれば池澤さんが死にたくなっても、おれが止められるから」

わたしはぎゅっと両手を握りしめる。

なんなの？　なんなの、こいつ。

「か、からかってるの？」

「え？」

「からかってるんでしょ？　わたしのこと！」

幸野がじっとわたしを見ている。

わたしの言葉は止まらない。

「だいたい、わたしのこと知ってたって、ほんとうなの？　だってサッカークラブ入ってたようなひとが、わたしみたいな地味な人間に気づくはずないもの」

そう、わたしは小学生のころから、変わっていない。

友達が少なくて、男子なんかとしゃべったこともなくて……唯一わたしと仲良くしてくれたのは、あかりくらいで……。

「え、そんなに信用ないかな、おれ」

幸野が困ったように、明るい色の髪を掻《か》く。

「ほんとうに知ってたよ、池澤さんのことは。てか、池澤さんはおれのこと覚えてないの？」

「お、覚えてない」

「うわ、悲しいなぁ。けどクラス違ったから、しょうがないか」

そして一歩近づいて、わたしの顔をのぞき込む。

至近距離で目が合い、わたしはあわてて視線をそらす。

そんなわたしを笑ってから、幸野は懐かしそうに話しはじめた。

「四年生のとき、飼育係やってたよな？　みんなが帰ったあと、ウサギ小屋の掃除してた。他のやつらはサボってるのに、毎日ひとりで黙々と。サボってるやつらに文句言えばいいのにって、おれずっと思ってた」

わたしは驚いて幸野を見る。

たしかに飼育係をやっていた。もうすっかり忘れていたけど。

でも同じクラスでもなかった幸野が、わたしの係まで知ってるなんておかしくない？

幸野はどこか遠くを見ていた。目の前のわたしじゃなく、どこかずっと遠くを。

わたしは幸野の横顔に向かって言う。

「どうして知ってるの？　そんなことまで」

幸野の表情がパッと変わって、いつものふざけた顔つきに戻る。

「え、どうしてって。おれ、ウサギが好きだったからさぁ。よく飼育小屋見てたんだよね」

「うそばっかり」

ぜんぜん信じられない。

幸野はふっと笑って、わたしに言った。

「あのころは池澤さん、あかりんとも仲良かっただろ？」

胸がずきっと痛む。

あかりとは小学一年生のときに知り合って、去年までずっと仲が良かった。

あかりはわたしのお姉ちゃんと同じように、明るくて、友達がたくさんいて……わたしの憧れだった。

だからわたしは、いつもあかりのあとを追いかけて。

あかりはそんなわたしと仲良くしてくれて。

毎日学校から一緒に帰って。

『バイバイ、莉緒！　また明日！』

あのころは、まさかこんなふうになるとは、思ってもみなかった。

同じ高校に入学してからも、あかりにテニス部に誘ってもらったり、テニスを教えてもらったりしてたのに……。

校舎から出てきた生徒たちが、ちらちらとこっちをうかがいながら、追い越していく。

わたしがうつむいていたら、幸野が言った。

「帰ろうよ、池澤さん。一緒に」

その声には答えずに、わたしはうつむいたまま歩きだした。

幸野はそんなわたしのあとを、黙ってついてきた。

学校から駅まで歩き、電車に乗る。

三つ目の駅で降り、また歩く。

同じ中学校から西城高校に進学した子はほとんどいない。

仲が良かったのは、あかりくらいだ。

うちの学校は偏差値が低く、このあたりでは底辺高校なんてバカにされている。

それでもわたしは、あかりがいたから、入学してよかったって思っていた。

電車のなかでも、歩いているときも、幸野は話しかけてこなかった。

だけどずっとそばにいて、わたしから離れようとしない。


家の近くの歩道橋の上で立ち止まる。

昨日、幸野と出会った場所だ。

わたしは昨日のことを思い出す。

「ね、ねぇ……」

「ん?」

ひとりごとのようなわたしの声に、幸野は反応してくれる。

「昨日ここで声をかけたとき……わたしだと気づいてたの?」

すると幸野が、少し口元をゆるめて答える。

「すぐに気づいたよ。飼育係の池澤さんだって。そしたら同じクラスにいるんだもんな。あれはおれも驚いた」

　ははっと笑って幸野がわたしを見た。

　歩道橋の真ん中で、わたしたちの目が合う。

「池澤さん」

　わたしの前で、幸野がわたしの名前を呼ぶ。

　つめたい空気に、白い息を吐きながら。

「つらいこととか、家族に話してる？」

「え」

「池澤さんって、きっとなんでもひとりで抱え込んじゃうタイプだろ？　苦しかったら誰かに話しなよ。お姉ちゃんとかさ」

「お姉ちゃん？」

　幸野の口元がわずかにゆるむ。

「わたしにお姉ちゃんがいることも……知ってるの？」

「知ってるよ。小学生のときに見たから」

　見たって……わたしが四年生のころ、お姉ちゃんはもう中学生で。外で一緒にいることなんて、ほとんどなかったのに。

「昨日も一緒に帰っただろ？」

昨日……歩道橋で幸野と別れたあとだ。

「見てたの？」

「見えたんだよ。道路の反対側から」

一歩足を踏みだした幸野が、わたしの肩をぽんっと叩《たた》く。

そして追い抜きざまに、わたしの耳元でささやいた。

「元気そうだったね。池澤莉乃さん」

お姉ちゃんの名前まで？

わたしがあわてて振り返ると、幸野はもう階段を下りようとしていた。

「ちょっと待って！」

わたしは叫んだ。幸野の背中に向かって。

「あんた……誰なの？」

ゆっくりと振り返った幸野が、わたしに笑いかける。

「誰って……幸野悟だよ。ちゃんとこの名前、覚えて？」

幸野はもう一度わたしのところまで戻って、顔をのぞき込んでくる。

「覚えた？　おれの名前」

「そんなの……何度も言わなくたってわかってる」

「じゃあ呼んでみてよ。『幸野くん』とか『悟くん』とか。ほら、ほら！」

からかうような態度に腹が立ち、わたしはその顔に向かって言ってやった。

「うるさい！　幸野！」

「うわ、呼び捨てかよ。ま、いっけど」

幸野は、ははっと乾いた声で笑って、大きく手を振る。

「じゃ、また明日！　池澤莉緒さん！」

その声が、じんわりと胸に染み込んでくる。

また明日、生きていれば、なにかいいことあるんだろうか。

階段を駆け下りると、幸野はわたしの家とは反対の方角へ走っていった。


のろのろと歩いて、家に着いた。

帰り道、ずっと幸野のことを考えていた。

飼育小屋で見かけたくらいで、わたしなんかのこと、そんなに気にするかな……。

明るくて目立っていたあかりを、覚えているのはわかるけど。

「ただいまぁ……」

玄関で靴を脱ぎ、リビングに入ると、お母さんが退屈そうにテレビを見ていた。

今日はパートが休みみたいだ。

「おかえり。莉緒」

わたしはテレビを見たままのお母さんの背中を見つめる。

『つらいこととか、家族に話してる？』

学校でされたことを、わたしは一度も家族に話していない。

お母さんはわたしがあかりに、ひどいことをされているなんて知らない。

まだ小学生のころのように、仲がいいと思っている。

もしわたしがあかりにいじめられているって知ったら、お母さんはどうするだろう。

わたしを助けてくれるかな？

でも小さいころ、男の子にいじめられてお母さんに泣きついたら『自分で言い返しなさい』って怒られてしまったんだ。

あかりに言い返すなんて、わたしにはできない。

ひと言でも言い返したら、もっとひどいことをされるに決まっている。

だからわたしは話せない。

あかりのことは、お母さんに話せない。

「お姉ちゃんは？」

お母さんの背中に向かってつぶやいた。

もしかしてお姉ちゃんは、幸野のことをなにか知っているかも、なんて思ったから。

「今日は学校。そのあとバイトだから遅くなるって」

お姉ちゃんは大学とサークルとバイトに忙しくて、家にいないことが多い。

「莉緒、あんたもバイトでもすれば？」

お母さんがこっちに顔を向けて言った。

「テニス部もすぐにやめちゃって、帰ってくれば部屋にこもりっぱなし。土日だって遊びに行くわけでもないし」

わたしは黙ってリビングを出る。

そんなわたしの背中に、お母さんが言う。

「まったく。莉乃は莉乃で遊びまわって、家に寄りつかないし。あんたたちふたり足して半分に割れば、ちょうどいいのにね」

お母さんはお決まりの文句を吐いて、大きなため息をついた。

4

幸野悟が転校してきて一週間。

毎朝登校すると、幸野はもう教室に来ている。

そのまわりには男子も女子も集まっていて、いつもとてもにぎやかだ。

「え、悟、バイト決まったって、どこ？」

あかりの声が聞こえてくる。

最近、あかりは朝も休み時間も、幸野の席に行く。

それに合わせるように、あかりの仲間もそこに集まる。

前はあかりの席に集まっていたのに。

いまは幸野がクラスの中心みたいになっている。

「ああ、葬儀屋にした」

「は？　葬儀屋？」

あかりの声と同時に、わたしもちらっとその方向を見た。

だけど彼女たちの背中に隠され、幸野がどんな表情をしているのかは見えない。

「うん。おれ、死に関わる仕事に興味あってさ。時給もなかなかだし」

「なにそれ。こわっ」

「オバケ出そう」

女の子たちが騒ぎだす。

「葬儀屋って、亡くなったひとの旅支度したり、棺《ひつぎ》に入れたりもするんじゃねーの？　うちのばあちゃんが死んだとき、やってもらった」

木村くんがそう言った。

「ああ、でも、おれはまだ高校生だから、雑用しかやらせてもらえないよ。ほんとうはそういうのもやってみたいけど」

「うわ、あたしだったらぜったい嫌だ」

「ていうか、悟みたいなチャラいやつが、よくそんなとこで雇《やと》ってもらえたね」

あかりが幸野の、茶色い髪を指さして言う。

「なんか人手不足らしくてさ。髪黒くしてこいとは言われたけど、『あ、これ地毛なんです』って言ったら信じてくれた。あかりんたちもやりたいなら、紹介するよ？」

「いや、遠慮しとく」

「あたしも」

「変わってるね、やっぱ、悟って」

「てかそれ、ぜったい地毛じゃないっしょ」

あはははっと幸野の明るい笑い声が響く。

わたしは机の上に広げてある、読む気もない文庫本に視線を落とした。

この一週間、あかりたちからの嫌がらせがなくなっている。

上履きを捨てられることも、あの日以来一度もない。

転校してきた日、幸野があかりにあんなことを言ったからだろうか。

足元を見下ろして、あの日幸野が貸してくれた、わたしには大きすぎたシューズを思い出す。

そうしたらなぜか心臓がドキドキしてきて、右手でそっと胸を押さえる。

あの程度で、あかりが引き下がるとは思えないけど……でもとりあえず、わたしが毎日おだやかに過ごせているのは、幸野のおかげなのかもしれない。

校舎にチャイムの音が響く。わたしはホッと息を吐く。

今日もこの席に座って、黙って六時間授業を受けるだけだ。


「池澤さん！」

放課後、靴を履き替え、昇降口を出ようとしたわたしに声がかかる。

幸野だ。

転校してきた日からずっと、幸野はわたしと一緒に帰ろうとする。

あかりも男子も部活に行ってしまうから、部活をやっていない幸野は、わたしくらいしか話し相手がいないのかもしれない。

だけどわたしはそれをかわすように、外へ飛びだす。

「待てよ！　あいかわらずはえーなぁ」

それは幸野と関わらないようにするため。

どうして気づかないの？

靴を履き替えた幸野は、走ってわたしを追いかけてくる。

わたしはちらっと、底辺高らしく着崩した幸野の制服を見てから、無視して足を速める。

「少しくらい、待っててくれたっていいだろ？」

「……わたし、幸野と帰るなんて、ひと言も言ってないし」

幸野があははっと笑う。

「おれ『これから毎日一緒に帰ることにする』って言ったよな？　忘れちゃったの？」

「忘れたとか忘れてないとか、そういうんじゃなくて……わたしは幸野と帰りたくないってこと！」

一気に言ったら、幸野がぽかんとした顔をした。

それからにっと笑って、わたしに言う。

「なんだ、ちゃんと自分の気持ち言えるんじゃん。言いたいことはそうやって言ったほうがいいよ」

なんなの？

わたしのこと、なんでもわかったような口調で……ムカつく。

ふいっと顔をそむけ、駅に向かって歩きだす。

その少し後ろを、幸野が黙ってついてくる。

電車のなかも、歩きながらも、今日も幸野は話しかけてこない。

もしかして……わたしはふと思った。

幸野はわかっているのかな？

学校のそばや電車のなかで、並んで歩いたり、おしゃべりしたりしてたら、みんなの噂になるかもしれないって。

わたしがそれを、嫌がっているって。

だから一緒に帰ろうと言いつつも、わたしに話しかけず、少し後ろを歩いてくるのかな？

ただわたしが、消えないようにするために。

そしていつもの歩道橋まで来ると、幸野はわたしに言うんだ。

「じゃあ、また明日。池澤莉緒さん」

明日……また明日も、わたしは幸野と会う。

あの学校の、あの教室で。

わたしは幸野に会う。

小学生のころ、『また明日！』と言いあって、あかりと手を振って別れたことを思い出す。

明日がすごく楽しみで。明日また、あかりと会えるのが嬉しくて。

どうしていま、あのころの淡い気持ちがよみがえってくるんだろう。

幸野が、階段を駆け下りていく。

わたしは歩道橋の手すりにつかまり、歩道を見下ろす。

ふと足を止めた幸野がこちらを振り向きそうになり、わたしはあわてて背を向けた。

歩道橋の下を走る車の音。遠くで響くクラクション。

目を閉じて深く息を吐いてから、そっと目を開き後ろを振り返る。

ほのかにピンク色に染まった空の下、わたしの家とは反対の方向へ、まっすぐ走っていく幸野の背中が見えた。


その日の夜、ベッドに入ったけどなかなか寝つけなくて、わたしは部屋を出て、キッチンの冷蔵庫へ向かった。

たしかお姉ちゃんがバイト先でもらってきたケーキがあったはず。

こんな夜中だけど、おなかがすいたから食べちゃおうかなって、思ったんだ。

するとリビングの灯《あか》りが、ぼんやりと灯っていることに気がついた。

きっとお姉ちゃんだ。わたしはそっとドアを開き、声をかける。

「お姉ちゃん」

ソファーに座っていたお姉ちゃんが振り返り、「よっ、莉緒！」とご機嫌な口調で言う。

わたしは小さくため息をつき、お姉ちゃんのそばにいく。

テーブルの上には空《から》になったお酒の缶が、いくつも置いてあった。

「また飲んでるの？」

お姉ちゃんはよくお酒を飲む。

友達と外で飲んで、酔っぱらって帰ってくることはよくあるし、こうやって夜中にひとりで飲んでいるときもある。

お母さんやお父さんがいない昼間に、飲んでいることさえあった。

「うん！　莉緒も飲めば？　って、あんたまだ未成年かぁ……残念！」

お姉ちゃんが声を上げて笑う。楽しそうに。

わたしは黙ってお姉ちゃんのとなりに腰かけた。

お姉ちゃんはおつまみにしていたポテトチップスの袋を、わたしに差しだす。

「お酒って、そんなにおいしいの？」

わたしはポテトチップスをつまみながら聞く。

「ん？　いや、ぜんぜん！　ケーキのほうが断然おいしい！」

「だったらなんで飲むのよ、そんなに」

お姉ちゃんがまた笑う。

それからどこか遠くを見るような目をしてつぶやいた。

「まぁ、飲んでいろんなこと忘れちゃいたいのかなぁ……」

「なにそれ。疲れた大人みたい。お酒に頼るのはよくないよ」

「だよねー。二十二でアル中とか笑える」

お姉ちゃんはふっと微笑んで、またお酒をひと口飲んだ。

わたしはパリッとポテチを噛みしめながら、お姉ちゃんの横顔を見る。

いつも明るいお姉ちゃんだけど、ときどきこんなふうに、どこか悲しそうな表情をする。

笑っているのに、泣いているような……どうしてだろう。

お姉ちゃんにも、誰にも言えない悩みとかあるのかな？

もう一枚、ポテチをつまみながらつぶやく。

「ねぇ、お姉ちゃん」

「わたしと同級生の、幸野悟っていう子、知って……」

わたしの膝に、こてんっとお姉ちゃんの頭がのった。

「お姉ちゃん？」

見下ろすと、すうすうと小さな寝息が聞こえてくる。

「え、寝ちゃったの？」

なんで寝るかなぁ……幸野のこと、聞こうと思ったのに。

でもいまはそれより……。

わたしはお姉ちゃんのやわらかい体を揺さぶる。

「お姉ちゃん、起きて。ベッド行こう。こんなところで寝たら、風邪ひいちゃうよ」

「んー……莉緒はやさしいなぁ……」

寝ぼけたような顔を向け、お姉ちゃんがにかっと笑う。

「もうー、酔っぱらってるんでしょ？」

「酔ってないよー、莉緒はかわいい！　あたしの大事な妹！」

ふざけた調子で抱きついてくるお姉ちゃんを、引っ張り上げて立たせる。

「ほら、部屋に戻るよ」

「莉緒ちゃーーん、おんぶーー」

「無理」

酔っぱらったお姉ちゃんを部屋まで連れていくのは、いつもわたしの仕事。

だけどそれはそんなに嫌じゃない。

お姉ちゃんは酔っぱらうといつも、わたしのことを「大事な妹」と言ってくれるから。

その日の放課後、荷物をまとめていたら、幸野が駆け寄ってきた。

「ごめん。池澤さん。今日一緒に帰れない」

わたしは黙って幸野を見上げる。

「今日みんなで、カラオケ行くことになってさ。あかりんたちと」

幸野が親指をくいっと向ける。

いつもの窓際の席に集まっている男女のグループ。

あかりが、少し笑ってこっちを見ているのがわかった。

わたしは息を吐き、つぶやくように言う。

「べつにわたしは、幸野と帰る約束なんかしてないし」

「じゃあ死ぬなよ？」

ハッと顔を上げると、じっとわたしを見ている幸野と目が合った。

「おれがいなくても、死ぬなよ？」

「し、死ぬわけないでしょ」

どうしてわたしのこと、そんなふうに決めつけるのよ。

なんだかすごく、腹立つ。

すると幸野がにっと笑って、わたしに言った。

「池澤さんに死なれたら、困るからさ」

死なれたら……困る？

「べつに幸野が困る理由なんてないじゃん」

幸野はそれには答えずに、ただ口元をゆるめる。

「悟ー、なにやってんのー？」

「行くぞー」

「おー」

あかりたちに手を上げてから、幸野はもう一度わたしを見て言った。

「じゃあ、また明日。池澤莉緒さん」

なぜだか背中がひやりと冷える。

幸野が通学バッグを肩に引っかけ、あかりたちに駆け寄っていく。

やっぱりわからない。

幸野の考えていること。

わたしには、まったくわからない。


「ちょっと莉緒ー」

夕方、リビングでぼんやりテレビを見ていたら、夕食の支度をしているお母さんが言った。

「スーパーでお醤油《しょうゆ》買ってきてくれない？　買うの忘れちゃって」

「えー、やだよ、寒いもん」

わたしはソファーの上でブランケットをかぶり、背中をまるめた。

外はもう暗くなっていて、つめたい風が窓ガラスをカタカタと揺らしている。

いまから外へ出かけるなんて、冗談じゃない。

「なに言ってるの、暇なんでしょ。そこでぼうっとしてるだけなんだから。ほら、早く！」

お母さんにマフラーとダウンジャケットを渡され、無理やりお金も持たされ、外に出される。

「もう……なんでわたしが……」

たしかにわたしは暇だけど……。

お姉ちゃんみたいに、遊びやバイトに忙しいわけじゃない。

部活もやってないし、勉強もしていない。

かといって、家のこともなにもしない。

おまけに学校ではあかりに好き勝手されて、なのに言いたいことを言うこともできない。

ほんとうにしょうもない人間。

自分で自分が嫌になる。

小さくため息をつき、ジャケットを羽織って、マフラーを巻く。

そして暗くなった住宅街を、国道沿いのスーパーに向かって歩いた。

狭《せま》い道から国道へ出ると、ライトをつけた車が行き交い、店の灯りが並んでいるのが見える。

都心から一時間ちょっと。

田舎でもなく、都会でもない、中途半端なこの町。

わたしはこれからもずっと、こんなふうにぼんやりと、ここで暮らしていくのかなぁ、なんて考える。

こんなふうに、中途半端に。

楽しいことも、見つけられずに。

そのとき歩道橋の上に、人影が見えた。

手すりに手をかけ、ひとりで遠くを見つめている。

あれは……。

「幸野？」

なにやってるんだろう、あんなところでひとりで。

そのときふと、あの日のことを思い出した。

歩道橋の上で、わたしが消えちゃえばいいって思った日。

もしいま幸野も、わたしと同じことを考えてたら……。

そんな考えが頭をよぎり、ぶるぶると首を振る。

まさか、ありえない。あいつに限ってそんなこと。

毎日へらへら笑っていて、クラスの中心にいるような幸野が、死のうとしているはずはない。

わたしはもう一度歩道橋を見上げる。真っ暗で表情まではわからなかったけど、幸野はどこか遠くを見ていた。

車道を走る車の流れでも、道路の先にある店の灯りでもない、もっとずっと遠いところを――。

気づいたらわたしは歩道橋の階段を、勢いよく駆け上がっていた。

お醤油を買いに来たはずなのに、どうしてこんなことをしているのか、自分でもわからなかった。

「な、なにやってんの？」

声をかけると、制服姿の幸野が振り向いた。

真っ白い息を吐きながら。ちょっと驚いた表情で。

「池澤さん？」

「なにやってんのよ、こんなところで」

空はもう真っ暗だ。つめたい風が吹いている。

わたしの前で、幸野はいつもみたいにふっと笑って言う。

「池澤さんこそ」

「わ、わたしは買い物。お母さんに、お醤油買ってきてって頼まれて……」

「おれはカラオケの帰り。歌いすぎて喉《のど》枯《か》れた」

幸野が顔を上げ、夜空に向かって「あー、あー」と声を出す。

「池澤さんにもおれの美声、聞かせてやりたかったなぁ」

わたしは顔をしかめる。べつに聞きたくないし。

「今度池澤さんも行こうよ。おれとふたりで」

「行かない」

「あ、もしかして池澤さん音痴《おんち》？」

「ちがっ……そうじゃなくて……」

幸野があははっとおかしそうに笑った。

なにがおかしいのよ。ムカつく。

「どうせわたしの悪口言ってたんでしょ、あかりたち」

幸野から顔をそむけて言った。

歩道橋の下を走る、車のヘッドライトの列が見える。

遠くの交差点では、信号が赤く灯っている。

「言ってないよ」

「うそ。ぜったい言ってる」

幸野があきらめたように、少し笑った。

「うん、そうだな。言ってた。あかりが、莉緒に好きなひと取られたって。ほんとなのかよ？　それ」

わたしは車道を見下ろしながら、首を横に振る。

「取ったりしてない」

それから一度考えて続ける。

「でもわたし……ちょっと思った」

幸野がわたしを見ているのがわかる。

「あかりの好きだった先輩に告白されたとき……嬉しいって思った」

手すりをぎゅっとつかむ。

一年前のことを思い出し、心臓の動きが激しくなる。

「わたし、あかりがサッカー部の先輩を好きだって知ってたの。わたしはあかりのこと、応援してた。あかりが好きなひととつき合えたらいいって、ほんとうに思ってたの」

いったん息を吐いて、また続ける。

「でもある日、先輩にわたしだけ呼びだされて……わたしテニスが下手くそで、練習試合にも出られなかったけど、みんなを一生懸命応援している姿を先輩は見てたって……そんなわたしを、その……好きになったって」

声が震える。だけどもう、わたしの言葉は止まらなかった。

「もちろんその告白は断ったんだけど……でもわたしはちょっと気分がよかったの。いつもあかりの後ろをついていくことしかできなかったわたしを、見てくれていたひともいたんだって、嬉しかったの。フラれてしまったあかりの気持ちを、考えてあげることができなかったくらい」

きっとそんなわたしの汚い心を、あかりは察したんだ。

「わたしが先輩から告白されたところを友達が見てて、あかりに伝わった。断ったって言ったんだけど、あかりはわたしのことを恨んで……無視するようになった」

「なんだよ、それ」

幸野が口を挟《はさ》む。

「そんなくだらないことで、いじめの標的にされるわけ？」

「でもわたしにも悪いところがあったから……」

小学生のころから、わたしの憧れだったあかり。

地味で目立たないわたしと、仲良くしてくれたあかり。

あかりには、たくさん助けてもらったことがある。

高校もあかりと一緒になれて、同じ部活に誘ってくれて。

でも先輩に告白されたとき、あかりのことより、自分のことを考えてしまった。

わたしはきっと浮かれてた。

「悪いところなんかないって」

幸野がわたしに言う。

「きっとあかりは池澤さんに、ずっと自分より劣《おと》っていてほしかったんだよ。ずっと自分の引き立て役でいてほしかったんだよ。あかりはそういう人間しか、自分のまわりに置かない。クラスの様子、見てればわかるよ」

わたしはきゅっとくちびるを噛む。

「それにどんな理由があっても、いじめる側が一〇〇パー悪い。池澤さんは、なんにも悪くないんだよ」

涙が出そうだった。

先輩に告白されたあと、二年生になったころからはじまった、わたしへの嫌がらせ。

みんなあかりに逆らえなくて、いままで仲が良かった女の子たちも、わたしから離れていって。

上履きを隠されたり、教科書に落書きをされたり、制服を汚されたり……。

ほんとうに低レベルでくだらないことを、たくさんされた。

誰かに助けを求めれば、その子もターゲットにされるから、誰にも話せなくて。

明日が来るのが、すごく怖かった。

「池澤さん」

わたしのとなりに幸野が並んだ。

「もう大丈夫だよ。おれが来たから」

わたしはそっととなりを見る。

幸野がわたしを見つめている。

「おれが……池澤さんを、守ってあげるから」

じんわりと目の奥が熱くなって、目の前の幸野の顔がぼやけてしまう。

幸野はそんなわたしを見つめたまま、明るく笑う。

「なーんて。ちょっとカッコつけすぎか」

「うん……すごく……胡散《うさん》くさい」

「ははっ。それひどすぎ」

幸野の笑い声が耳元で響く。
わたしはぐすっと洟《はな》をすすって、また前をながめる。
まっすぐ続く道路。
明るく光るライト。
ぼんやり灯る赤信号。
走る車の騒音。
なんでわたしは、こんなところにいるんだろう。
なんでわたしのとなりに、このひとがいるんだろう。
ぜんぜんわかんないけど……。
でもいま、思ったんだ。
このひとがいるなら、明日も生きていいかなって。
明日もまた生きてみようかなって……そう思ったんだ。
わたしは自分の胸にそっと手を当てる。
なぜかすごくドキドキしていて、体中が熱くて、ちょっとだけ苦しい。
この気持ちは、いったいなんなんだろう。
「醤油、買いに行かなくていいの？」
「あっ、そうだった！」

お母さんにまた、「遅い」って怒られる。「あんたはほんとうにグズねぇ」って。
「スーパーまで送ってやるよ」
幸野がそう言って歩きだす。
わたしは一瞬戸惑ってから、そのあとについていく。
階段を下りる、幸野の背中を見つめながら思う。
そういえば幸野は歩道橋の上で、なにをしていたんだろう。
結局はぐらかされたままだ。
街灯の灯りに照らされた歩道を、黙ったまま並んで歩いた。
スーパーの前で別れるとき、幸野はやっぱりわたしに言った。
「また明日、池澤莉緒さん」って。

第二章　怒っているのに、涙が止まらない。

1

今日も幸野は、教室であかりたちに囲まれていた。

わたしはひとりで席に着き、文庫本を見つめている。

文庫本のページは、何日経ってもちっとも進まない。

「この前のカラオケ楽しかったねぇ」

「悟、意外と歌うまかったし」

「は？　意外とってなんだよ」

みんなのなかで笑っている幸野の声は、もう覚えてしまった。

覚えたくなんて、なかったのに。

「ね、今日も行く？　カラオケ」

あかりの張りきった声が聞こえてくる。

みんなが口々に「行く」と答える。

あかりに歯向かうひとなんて、いるわけがない。

「悟も行くでしょ？」

「あー、今日は無理」

幸野が答えた。

「葬儀屋のバイトあっから」

「あ、そうなんだ」

あかりのがっかりした顔も、目に浮かぶ。

「じゃあ、また今度行こうよ」

「そんなにおれの美声、聞きたい？」

「そんなんじゃないってばー」

甲高いあかりの笑い声。

耳をふさぎたくなるほど嫌いだったはずなのに、最近は聞き耳を立ててしまう。

あかりの笑い声の合間に聞こえる、幸野の声を探しているからだ。

「池澤さん」

昇降口を出ると、いつものように幸野に声をかけられる。

「一緒に帰ろう」

振り返るとやっぱり幸野の笑顔が見えて、だけどわたしはなにも言えずに、ただ黙って歩きだす。

幸野は今日も、わたしに話しかけることなく、ただわたしのあとをついてくる。

いつものように電車に乗って、いつものように帰り道を歩いて、いつものように歩道橋の真ん中で立ち止まる。

「じゃあ」

幸野が口を開く。

だけど今日はわたしがそれをさえぎった。

「あ、えっとこのあと……」

言いかけて口をつぐむ。

なにを言おうとしてるんだろう、わたし。

おかしい。変だ。どうかしてる。

もう少し一緒にいてもいいかな、なんて思うなんて。

「や、やっぱりなんでもない。今日、バイトなんでしょ？」

「もしかしてさっきの話、聞いてた？」

幸野がにやっと笑ってわたしを見る。

わたしの顔がかあっと熱くなる。

「き、聞こえてきちゃったんだよ。幸野の声、大きいから」

「ああ、そう？　でもあれ、うそだから」

「え？」

さらっと言った幸野が、わたしの前で笑っている。

「バイトなんかないよ、ほんとは」

うそ、ついたんだ。あのあかりに。

「だからさ。どっか行こうか？」

わたしはもう一度「え？」とつぶやく。

「そう言おうとしてたんじゃないの？」

「ま、まさか！　そんなわけないでしょ！」

幸野がおかしそうに笑っている。

なんか、腹立つ。すごく。

「どこ行こうか？　このへん遊ぶとこないしなぁ」

歩道橋の上からあたりを見まわした幸野が、「あっ、そうだ」と声を上げる。

「あそこ行こう」

「あ、あそこって？」

幸野がわたしの手をぎゅっと握った。

思いもよらなかった行動に、わたしの体がびくんっと震える。

「いいからついてきなって」

余裕の顔でそう言って、幸野はわたしを引いて歩きだした。

十分ほど歩いてわたしたちが着いたのは、第一小学校だった。

「え、学校？」

「そう。懐かしいなぁ」

幸野は目を細めて校舎を見上げると、開いていた通用門から勝手になかに入っていく。

「ちょっ、だめだよ！　勝手に入ったら……不審者だと思われちゃう！」

「大丈夫だって。開いてるんだし。それにおれたち不審者じゃなくて、この学校の卒業生だろ？」

ははははっと笑ったあと、「おれは四年までだけど」とつけ加える。

わたしは幸野に手を引かれたまま、おそるおそる学校の敷地に入る。

門を入るとすぐに、飼育小屋が見えた。

「あ、あの小屋！」

小学生のころの記憶がよみがえる。

放課後、あそこで掃除をしたあと、ウサギに餌《えさ》をあげて帰ったんだ。

たしかにひとりでやるのは大変だったけど、動物は好きだから、そんなに嫌ではなかった。

「あそこにウサギがいたんだよな？」

「うん、そう。真っ白のと……」

「茶色いの」

幸野がすかさず言った。わたしは驚いて幸野の顔を見る。

「ほんとに……飼育小屋見てたんだ」

幸野はにやっと笑ってわたしに話す。

「白いほうは耳が長くて、茶色いほうは短かった」

「よく覚えてるね……」

「言っただろ？　おれ、ウサギが好きだったって」

あの言葉、ほんとうだったの？

うそとほんとうの境目があいまいで、幸野のことがますますわからなくなる。

わたしは幸野を残し、飼育小屋に駆け寄った。

けれどそこには……。

「なにもいない……」

なかは空っぽで、動物を飼育している気配はなかった。

「もう飼ってないんだ……」

ぽつりとつぶやく。

あのウサギはどうなったんだろう。

ウサギの寿命は七、八年って聞いたから……。

「死んじゃったのかもな」

背中に幸野の声が聞こえる。

わたしは胸の前で、ぎゅっと手を握る。

「でもさ、きっとウサギは幸せだったと思うよ？」

幸野がわたしの後ろで言った。

「池澤さんに世話してもらって、かわいがってもらってさ。ウサギなりに楽しい想い、してたんじゃないの？」

鼻の奥が、つんっとした。

そのあと胸の奥が、じいんっと熱くなる。

「……そうかな」

「そうだよ」

ゆっくりと振り返る。

幸野がわたしを見て、小さく微笑む。

「ほんとうにかわいそうなのは、楽しい想いを知らずに死んでいくことだよ」

「楽しい想いを……知らずに？」

わたしの前で、幸野がうなずく。

「それって……どういう……」

「いま死ぬのはもったいないってこと。この先、楽しいことがたくさん起きるよ。池澤さんにも……たぶん、おれにも」

最後のほうは、消えそうな声だった。

わたしは黙って、幸野の顔を見つめる。

幸野はまた少し笑って、わたしから視線をそらした。

夕暮れの風が、わたしと幸野の間を通り過ぎる。

飼育小屋の上へと伸びる木が、はらはらと枯葉を落とす。

校庭のほうからは、子どもたちの声が聞こえてくる。

「池澤さん、校庭行ってみない？」

「え？」

幸野がわたしの手をつかむ。

「行ってみようよ」

「あっ、ちょっと……」

返事も聞かずに、幸野が走りだす。

わたしの手を引っ張って。

校舎のわきを通り抜けると、目の前に懐かしい小学校の校庭が見えた。

「うわ、なんか小さくね？」

「うん。すごく狭く見える」

「あのころは校庭が、めちゃくちゃ広く感じたんだけどなぁ……」

幸野はその校庭で、よく遊んでいたのかな？

わたしは教室で過ごすことが多かったから、体育の授業や運動会くらいしか、校庭の思い出はないけれど。

北風の吹く校庭では、三、四年生くらいの男の子たちがサッカーをして遊んでいた。

幸野は目を細め、その様子をながめている。

わたしは夕陽を浴びる幸野の横顔を、ちらっと見る。

あれ？　違う？

子どもたちを見ていると思った幸野の目は、もっとずっと先を見ていた。

校庭の向こう。

そこには古い団地が何棟か建っている。

幸野はあの団地を見ている？

そう思ったわたしの耳に、幸野の声が聞こえてきた。

「ははっ、なにやってんだよ。あいつら」

子どもたちの蹴《け》ったボールが、校庭の隅《すみ》に転がっていき、全員で追いかけている。

それを見て、幸野が笑っている。

やっぱり気のせいだったのかな?

幸野は団地のほうを見ている気がしたんだけど。

しばらく子どもたちを見ていたら、今度は幸野の足元に、サッカーボールが転がってきた。

「おにーさーん！　ボール蹴ってー！」

「オッケー！」

幸野の手が、わたしから離れる。

そして器用に足元のボールを転がし、広い場所まで出ると、「行くぞー」と子どもたちに向かって手を上げた。

夕陽色に染まる校庭。

幸野の長い脚がボールを蹴り上げる。

高く上がったボールは、子どもたちのいる場所から、かなり遠くに落ちて転がった。

子どもたちが、げらげら笑いながら、ボールを追いかけている。

「やべ。コントロール死んだ」

わたしはそんな幸野に尋《たず》ねる。

「ねぇ、どうしてサッカーやめたの？　うまかったんでしょ？」

幸野がふっと笑って、わたしを見た。

「それも聞いてたの？　そんなにおれのこと、気になるんだ」

わたしの顔が熱くなる。

「だ、だって聞こえちゃうんだもん。べつに聞いてたわけじゃないよ！」

幸野があははっと笑って、視線を子どもたちに戻す。

そして静かに口を開いた。

「試合中に足を怪我《けが》して……」

「え……」

「もうサッカーは……やりたくてもできないんだ」

わたしの胸がぎゅっと痛む。

「ボールを蹴るくらいならできるけど、選手はもう無理」

そうつぶやいた幸野の横顔に、夕陽が当たっている。

「あ、あの……」

するととなりから、噴きだすような笑い声が聞こえてきた。

「なーんて、ドラマみたいな感動的な話が聞きたかった？　うそだよ、うそうそ。池澤さんは騙《だま》されやすいなぁ。そんなんじゃ悪い男に、すーぐつけ込まれるよ？」

わたしはまだ状況が呑《の》み込めない。

「う、うそなの？」

「そう。うそです。引っ越しを機にクラブチームをやめて、そのままめんどくさいからサッカーもやめちゃったんだ。中学のころは遊びに忙しかったし、いまは葬儀屋のバイトのほうが大事だしね」

苦笑いして振り返った幸野が、ハッと驚いた顔をする。

「池澤さん？」

わたしの頬を、あったかいものが流れ落ちる。

「なんで……泣いてんの？」

わたしは思いっきり首を横に振り、幸野に背中を向けて歩きだす。

「ちょっ、待てよ！　池澤さん！」

幸野があわてた様子で追いかけてくる。わたしは足を速める。

ムカつく。ほんとに。うそばっかりついて。

わたしのことからかって。バカにして。

「池澤さん！」

それなのにわたしは、ホッとしている。

幸野が怪我したんじゃなくてよかったって、つらい想いをしたんじゃなくてよかったって……ホッとしたんだ。

勝手に涙が、あふれるほどに。

「池澤さんってば！」

通用門から出たところで、幸野に腕をつかまれた。

わたしはうつむいたまま、立ち止まる。

「ごめん。怒った？」

怒ってるよ、わたしは。

幸野にはじめて会ったときから、ずっと。

いい加減で、うそつきで、一緒にいると腹が立って……。

でもなぜか気になって、その声に耳を立てて、その言葉やその表情に、いちいち感情を揺さぶられて……。

わたしはこんな自分に怒っているんだ。

向かいあった幸野が困ったように、くしゃっと明るい髪を掻く。

片手でわたしの腕をつかんだまま。

黙っているわたしの耳に、幸野の声が聞こえる。

「つきあわない？　おれたち」

わたしはゆっくりと顔を上げる。

するとと目の前に立つ幸野が、まっすぐわたしを見つめて言った。

「つきあおうよ」

体中がかあっと熱くなって、どうしようもない想いが口元からあふれた。

「つきあうわけないでしょ！」

力任せに、幸野の手を振り払う。

そして背中を向けて、走りだす。

「池澤さん！」

幸野の声が、わたしを呼ぶ。

「また明日も会おうな。池澤莉緒さん！」

もっと涙があふれそうになって、それを振り払うように家まで走った。

2

「あのさ……」

「どうしたのぉ？　莉緒。その顔……」

翌朝、起きてきたわたしを見て、お姉ちゃんが顔をしかめる。

昨日はご飯も食べず、お風呂にも入らず布団にもぐった。

そうしたらなんだか涙が出てきて、泣きながら眠った。

眠ったらすごく変な夢を見て、起きたらまた泣いていた。

「ひどい顔してるよ？　なんかあった？」

「べつになにも」

それだけ言って、わたしは朝食の用意されている席に着く。

夢のなかでは、小学生の幸野が、校庭ですごく楽しそうにサッカーをしていた。

でも現れた女のひとが、そのボールを奪ってしまって。

幸野は必死に返してもらおうとするんだけど、返してもらえなくて。

わたしはそれを見ているだけで、なんにもしてあげられなかった。

「もしかして、男関係で悩んでる？」

お姉ちゃんがにやっと笑って、身を乗りだしてくる。

「そんなんじゃないよ」

自分でもまったくわからない。

怒っているのに、涙が止まらないとか。

つきあおうなんて言われて冗談じゃないのに、ドキドキが止まらないとか。

あんな男に振りまわされて、夢にまで見ちゃって、ものすごく気分が悪い。

「ほら、莉緒、早くご飯食べなさい。遅刻するよ」

お母さんが口を出してくる。

「それから傘《かさ》持っていきなさいよ、雨降るらしいから」

その声を聞きながら、カフェオレをひと口飲む。

甘いカフェオレのはずなのに、なんだかすごく苦い味がした。


教室に入ると、いつもの席に幸野が座っていた。

あかりたちと話しながら、笑っている。

ちらっとこっちを見た気がしたけど、わたしは無視して自分の席に向かう。

「え？」

机の上に、一冊のノートが置いてあった。

昨日先生に提出したはずの、英語のノートだ。

どうしてここに？　嫌な予感しかしない。

そっと視線を動かすと、こっちを見ているあかりと目が合った。

意味ありげに笑ったあかりは、ふいっとわたしから顔をそむける。

わたしは奥歯を噛みしめて、指先で表紙をめくった。

やっぱり……。

一ページ目。わたしの書いたアルファベットの上に、黒い油性ペンで大きく文字が書かれてある。

【調子に乗るな】

この筆跡はあかりじゃない。

あかりが他の誰かに書かせたんだ。

どうせ取り巻きの、優奈あたりだろう。

あかりは指示をするだけで、自分の手は決して汚さない。

もう一枚ページをめくる。

悔しいけど、自分の指が震えている。

【なんでいつも一緒に帰ってんの？】

【幸野悟に気に入られて、調子乗ってんじゃねーよ】

【羽鳥《はとり》先輩の次は幸野？　手の早い女】

【自分のこと、かわいいとでも思ってんの？】

【学校来るなよ、目ざわりだ】

ページをめくる。

あかりの甲高い声が、頭のなかで渦巻く。
【悟に言いつけたら殺すからね】
わたしはパタンっとノートを閉じた。
深く深く息を吐く。
指先から手のひらに震えが広がる。
背中につめたい視線を感じた。
あかりかもしれない。優奈かもしれない。
わたしは息をひそめて、背中をまるめる。
きっとわたしと幸野が一緒に帰るところを、誰かに見られたんだ。
それに幸野がわたしを庇《かば》ったり、声をかけたりするのもムカついているんだ。
『つきあわない？　おれたち』
昨日聞いた、幸野の言葉が頭に浮かぶ。
バカだ。わたしは。
あかりが幸野を、気に入ってるってわかってたのに。
それなのにわたしは、たしかに浮かれていた。
また、一年前と同じ過《あやま》ちを犯しそうになっていた。
チャイムが鳴る。先生が教室に入ってくる。

わたしは英語のノートを、バッグのなかに押し込む。
『おれが……池澤さんを、守ってあげるから』
うそかほんとうかわからない言葉を思い出し、それを忘れるように首を振った。

その日は一日の授業が終わると、ダッシュで教室を飛びだした。
背後からはあかりの笑い声が聞こえてくる。
全速力で廊下を走って、昇降口を抜け、駅に向かって駆ける。
ホームまで来て、息を切らしながら振り返ってみた。
幸野の姿は見えない。
わたしはちょうど来た電車に、急いで飛び乗った。

最寄りの駅まで来て、深く息を吐く。
同時になんだかすごく情けなくなってきた。
なにをやっているんだろう、わたし。バカみたい。
こんなことして幸野から逃げたって、なんの解決にもならないのに。
つめたい風を受けながらのろのろ歩き、歩道橋の階段を上る。
今日の空はどんより曇っていて、いまにも雨が降ってきそうだ。

歩道橋の真ん中で立ち止まり、ノートに書かれた黒い文字を思い出す。
【悟に言いつけたら殺すからね】
殺す——その文字が、わたしの胸を突き刺してくる。
またあの地獄のような日々が、はじまるのだろうか。
明日もまた、こんな想いをしなくちゃいけないのだろうか。
歩道橋の手すりに手をかける。
今日もたくさんの車がこの下を通り過ぎていく。
だけどわたしが、こんなところで立ちつくしていることなんて、誰も気づかない。
ぽつんっと雨のしずくが落ちてきた。
ああ、そうだ。
今日雨が降るって、お母さんに言われていたのに……傘忘れちゃった。
わたしってほんとうに、学校でも家でもだめな子だ。
ぽろっとわたしの目からも、涙が落ちる。
変だ。わたし。昨日から、すごく変。
これもぜんぶあいつのせい。
手すりに頭を押しつけた。
降りだした雨が、わたしの髪を、肩を、背中を濡《ぬ》らしていく。

もういい。なにもかもがどうでもいい。
わたしなんか、雨と一緒に地面に落ちて、消えちゃえばいいんだ。
顔を上げると、雨に濡れていく街並みが見えた。
その景色が、じんわりとにじんでいく。
そういえばお醤油を買いにスーパーに行った夜、幸野もここでこうやっていた。
あの夜、幸野はなにを見ていたんだろう。
なにを考えていたんだろう。
なにをしようとしていたんだろう。
頭のなかに、昨日聞いた声が聞こえてきた。
『この先、楽しいことがたくさん起きるよ』
幸野がわたしに言った言葉だ。
『池澤さんにも……たぶん、おれにも』
いつも自信満々の幸野が、最後のところだけ自信なさそうに言った。
幸野には、楽しいことが起きないって、そう思っているの?
「いた!」
雨のなかに声がした。

驚いて振り返った途端、いきなり抱きしめられた。

「えっ……」

あわてて体を離そうとすると、もっと強く引き寄せられる。

濡れた制服にぎゅうっと顔を押しつけられて、息が苦しい。

「早いって……池澤さん……」

途切れ途切れに聞こえるのは、幸野の声。

息継ぎするように顔を上げると、はあはあと息を切らしている幸野の顔が見えた。

もしかして全速力で走ってきたの？　なんで？

呆然とするわたしを見下ろし、幸野が言った。

「どうしたんだよ？　なんかあった？」

「え……」

長めの前髪から、雨のしずくがつうっと落ちる。

「気づいたらもう教室にいなくて……全力で追いかけたのにぜんぜんいないし。駅にも、ホームにも……」

幸野がわたしの体を抱きしめたまま、うつむいて息を大きく吐く。

「でも……間に合ってよかった……」

「……なにが？」

深呼吸するように息を整えてから、幸野はわたしの顔をもう一度見る。

「池澤さんが、死んだら困る」

わたしはびくっと肩を震わせて、両手で幸野の体を押す。

「死なないよ……わたしは」

そう言ったわたしの顔を、幸野が強い視線で見つめる。

「死なないって……言ってるでしょ？」

ふっと幸野の体がわたしから離れた。

そして力が抜けたように、その場にしゃがみ込む。

「心配……させるなよ……」

うつむいた幸野がくしゃくしゃと濡れた髪を掻く。

わたしはそんな幸野を見下ろしてつぶやく。

「なんでそんなに心配するの？　わたしはべつに幸野に心配されなくたって……」

「あー、もう、いい！」

立ち上がった幸野がわたしの手を握りしめる。

雨に濡れたその手は、ひんやりとつめたい。

「帰ろう。家まで送る」

「い、いいよ」

「いや、送る」

幸野がわたしの手を引いて、強引に階段を下りはじめる。

わたしの頭に、あかりの声が聞こえてくる。

【幸野悟に気に入られて、調子乗ってんじゃねーよ】

ぶるっと体が震えて、その手を振り払おうとした。

だけど幸野は、もっと強く、わたしの手を握りしめる。

「は、離して」

「離さない」

「な、なんでよ？」

「池澤さん、危なっかしいから。家に着くまで離さない」

なんなの？　なんなの？

こんなところを誰かに見られたら……またひどいことをされるのは、わたしなんだよ？

あかりの顔が頭に浮かんで、また体が震える。

「寒い？」

幸野の声が聞こえたかと思うと、つながった手がすっと離れた。

そして次の瞬間、頭になにかがふわっとかかる。

「少しは雨よけになるだろ？」

「え……」

頭からかけられたのは、幸野の制服のブレザーだ。

「い、いいよ。もう濡れてるし」

「いいから、かぶっとけ。風邪ひくから」

幸野がまた、わたしの手をつかみ、どんどん歩道を進む。

わたしはブレザーを頭にかぶって、そのあとをついていく。

幸野の白いワイシャツが濡れていた。

そっちが風邪ひいちゃうじゃん。バカじゃないの？

なんだかすごく悔しくて、わたしは強く、幸野の手を握りしめる。

息を切らしてわたしを追いかけてきて、自分はびしょ濡れになってまでわたしに上着を貸してくれて……。

ほんとにバカだよ……。

見慣れたいつもの景色が、雨でかすんでいる。

できたばかりの水たまりを、幸野がスニーカーで踏みつける。

濡れた体はどんどん冷えていくのに、つながった手だけが熱くなる。

やがて雨のなかに、わたしの家が見えてきた。

幸野の手がわたしから離れ、そのぬくもりが消えていく。

「じゃあな」

家の前で幸野が言った。

「また明日。池澤莉緒さん」

「あ、待って……」

頭にかぶっていたブレザーを返そうとしたのに、幸野は雨のなかを走っていってしまった。

わたしはその場に立ちつくす。

最後に聞いた幸野の声は、少しだけかすれていた。

「どうしたの？　びしょ濡れじゃない！　傘持っていかなかったの？」

家に帰ったわたしを見て、お母さんが顔をしかめた。

「うん……忘れちゃって……」

「ほんとにあんたって子は……」

するとめずらしくリビングにいたお姉ちゃんが、スマホの画面から顔を上げてわたしに聞く。

「なにそれ。手に持ってるやつ」

「あ、うん。貸してもらったんだけど、返しそびれちゃって……」

雨はまだ降っている。ちゃんと呼び止めてお礼を言って、傘も貸してあげればよかった。わたしってほんとうに気が利《き》かない。

「あらあら、それ制服？　大変！」

「男子のじゃない？」

お姉ちゃんが目ざとく聞いてくる。

「だれだれ？　彼氏？」

「ち、違うよ」

「今朝もなんだか変だったし。怪しくない？」

お姉ちゃんがにやっと笑う。

「なに言ってるの。莉緒に彼氏なんかいるわけないでしょ。莉乃とは違うんだから。ほら、それ貸して。早く乾かさなきゃ。あんたの制服もさっさと脱いで。まったくもう、だから傘持っていけって言ったのに」

お母さんがせわしなく、幸野のブレザーをわたしの手から取り上げる。

「莉ー緒！」

ぼうっと突っ立ったままのわたしにお姉ちゃんが言う。

「ケーキあるよ。一緒に食べよ！」

ケーキの箱を見せるお姉ちゃんの前で、わたしは無理やり笑顔をつくった。

3

翌朝はいつもよりずっと早く家を出た。

紙袋に入れた、幸野のブレザーを抱えて学校に行く。

あいつはいつもわたしより早く学校に来ている。

教室に入るとすでに幸野は学校に来ている。

いったい何時に家を出ているんだろう。

でも今日はわたしも早く出てきたから、歩道橋の上で待っていれば会えるはず。

朝のこの時間、通勤や通学のひとたちが、わたしの後ろを通り過ぎる。

わたしは手すりに手をのせて、歩道を見下ろす。

学校に行く前にこれを渡してしまいたい。

教室で声をかけたら、あかりたちにまたなにか言われそうだし、それにお礼も……言いたいし。

だけどいくら待っても、幸野はやってこなかった。

時計を見ると、いつもわたしが学校に行く時間だった。

これ以上待っていたら、遅刻してしまう。
仕方ない、誰もいないときにこっそりロッカーに返そう。
わたしは紙袋を胸に抱えたまま、駅に向かって走った。

教室に入ると、わたしは幸野の席を真っ先に見た。
だけどそこには誰も座っていない。
どうして？　まだ来てないの？
立ちつくしたわたしの耳に、男子の声が聞こえる。
「あれぇ、悟は−？」
その声に答えたのはあかりだ。
「今日休むってー。風邪ひいて熱出たみたい」
あかりがスマホのトーク画面を見せながら言う。
あかりは幸野と連絡を取っているんだ。
わたしも連絡先を知っていれば、家を聞いて届けられたのに。
だけどわたしは、幸野の連絡先なんて知らない。
のろのろと席に向かい、ブレザーを袋ごとぎゅっと抱きしめる。
それにいま、熱があるって言ってたよね。

きっとわたしのせいだ。

わたしを雨のなか追いかけて、上着も着ないで濡れて帰ったから……。

いつもと変わらない、みんなの声を聞きながら席に着く。

すると目の前に、あかりや優奈たちがやってきて言った。

「ねぇ、それなに？」

ハッと気づいたときは、もう遅かった。

優奈が袋のなかからブレザーを取りだして、不思議そうにながめている。

「なにこれ？　誰の？」

「男子のじゃない？」

「なんで莉緒がこんなの持ってるの？」

固まったわたしの耳に、あかりの声が聞こえる。

「悟のでしょ？」

ドキッと心臓が跳ねた。

「あたし、たまたま昨日、見ちゃったんだけどさぁ。仲良く、手つないで帰ってたよね？」

まわりのみんなが「えー？」っと声を上げる。

あかりは優奈の手から幸野のブレザーを取り上げると、それを見ながら言った。

「つきあってるの？　悟と」

「つ、つきあってないよ」

「へー、つきあってないのに、上着借りたり、手つないだりするんだ！」

あかりの声が大きくて、教室中の視線がこちらに集まった。

「羽鳥先輩のときと同じだね？　自分はなんにも悪くないって顔してさ。あんたのやることいちいちぜんぶ、目ざわりなんだよ！」

わたしはなにも言えなくなった。

ぜんぶあかりの言うとおりだと思ったから。

教室のなかにチャイムが響く。

幸野はまだ学校に来ない。

今日もまた、長い一日がはじまる。


「ひっ……」

午前の授業が終わったあと、トイレの個室を出た途端、水道の水をかけられた。

「あー、ごめーん、莉緒」

「かかっちゃったねー」

きゃははっと笑うのは、優奈やクラスの女の子たち。

わたしは濡れたジャージを見下ろす。

「でもジャージでよかったじゃん」

「似合ってるよー」

女の子たちがけらけら笑いながらトイレから出ていく。

わたしは黙ってハンカチでジャージを拭く。

今日の午前中はいろんなことをされた。

久しぶりに机にぞうきんを入れられたし、二時間目の体育の間に制服を隠された。

だからいまもジャージを着たままなんだ。

どうせ指示を出しているのは、あかりだろう。

幸野が転校してきて、抑えていたわたしへの嫌がらせを、あかりは今日、爆発させているみたいだ。

濡れたジャージのまま教室に戻ったら、わたしのバッグのなかの物が、ばらばらに散らばっていた。

いまは昼休み。

お弁当を食べながら、くすくすと笑っているあかりたちと、見て見ぬふりをする他の生徒たち。

わたしはなにも言わず、床に落ちた教科書やノートを拾い上げる。

そのとき、なくなっているものに気がついた。

もしかして……。

あかりの考えることくらい、もうわかってる。

教室の隅のゴミ箱をのぞいたら、お母さんが作ってくれたわたしのお弁当が、中身をばらばらにされて捨てられていた。

それにわたしの制服も。制服にはお弁当のおかずがくっついて、汚れてしまっている。

「ひどい……」

声を漏らしたわたしの背中に、甲高い笑い声が響いた。

「なにあの子。ゴミあさろうとしてるし。きったなーい」

あかりの声だ。お弁当を食べている席からこっちを見て、笑っている。

わたしはぎゅっとくちびるを噛む。

悔しい。なんでわたしがこんな思いをしなきゃならないの？

ゴミ箱に向けて、震える手を伸ばす。もう食べられないのはわかっているけど、せっかく作ってもらったお弁当をこのままにはしたくない。

だけどそれより早く、誰かがわたしの横から、ゴミ箱のなかに手を入れた。

「え……」

そこにいたのは幸野だった。いま登校してきたのか、通学バッグを肩にかけたまま、おかずを拾い集めている。なんの躊躇《ちゅうちょ》もなく。自分の手を汚してまで。

「こ、幸野……なんで……」

戸惑うわたしのとなりで、幸野は拾ったおかずをお弁当箱に入れ、制服も手に取った。そしてそれらをわたしに渡す。

「うまそうなおかずなのに、ひどいよな。制服も汚れちゃったし」

「どうして……」

どうしてここまでしてくれるの？

幸野はほんの少し口元をゆるめ、教科書やノートの散らばったわたしの席に向かう。

そこにしゃがんで英語のノートを拾うと、中身をパラパラっとめくった。

あれは……昨日落書きをされたノート。

立ち上がった幸野はそのノートを持って、お弁当を食べているあかりたちのもとへ、まっすぐ向かう。

あかりたちはわたしと幸野の様子を見ていたのか、顔をしかめている。

幸野はあかりの前に立つと、にっこり笑顔を見せて言った。

「なんかさ、池澤さんの弁当が捨てられてたんだけど、誰がやったか知らない？」

女の子たちが顔を見合わせる。

「それから池澤さんの制服も。捨てたの、誰？」

あかりが口をとがらせる。

「知るわけないじゃん。そんなの」

わたしは幸野に渡されたお弁当箱と制服を、ぎゅっと抱きしめた。

「てか、悟。熱あって休むんじゃなかったの？」

あかりが不満そうに幸野に言った。

「熱があっても休んでられないよ。なんか嫌な予感がしてさ。で、いま来てみたら、案の定これだし」

そう言うと英語のノートを開いて、あかりの前にバンッと叩きつける。

「それにこの落書きも」

一瞬教室内が静まり返って、あかりの顔色が変わる。

「なぁ、こんなことするの、ダサいって言っただろ？　あかりん」

「あたしじゃないよ」

「でも指示してるのは、あかりんだよね？」

あかりの顔が、真っ赤になる。

「莉緒が悟にチクったの？」

「チクってねーよ。昨日このノート見たあと、池澤さんの様子が変だったから気になってたんだ」

昨日から気づいていたんだ。幸野は。

それであんなにあわてて、わたしのことを追いかけてきたの？

「な、なんなのよ！　いつも莉緒ばっかり庇って！　あんた莉緒のこと好きなの？」

「好きだよ」

教室の空気がざわっと揺れたのがわかった。

わたしは呆然と突っ立ったまま、動けない。

「は？　本気？」

「本気」

あかりが顔をしかめる。

幸野はまっすぐあかりを見ている。

「おれ、池澤さんにつきあってって言ったんだ。池澤さんには断られたけど。でもおれは池澤さんのこと好きだから、もうこういうのはやめてほしいんだよね。好きな子がいじめられてるなんて、おれ、耐えられないから」

顔がかあっと熱くなる。

全身が震えて、逃げだしたいのに動けない。

幸野は息を吐くように笑ってから、ノートの文字を指先でなぞる。

わたしはそこに書いてあった言葉を思い出す。

【悟に言いつけたら殺すからね】

すると幸野が顔を上げてあかりに言った。

「今度池澤さんを傷つけたら、おれがあかりんを殺すよ?」

「は? なに言ってんの?」

「あかりんが死んだら、おれが死化粧《しにげしょう》してやるな。大丈夫、安心して。どんなめちゃくちゃな死に方しても、ちゃんと綺麗にしてあげるから」

あかりが立ち上がって怒鳴る。

「バカじゃないの! あんた頭おかしいよ!」

「いまごろ気づいた? あかりん、おっせーよ」

あははっと声を上げて、幸野が笑う。

あかりは怒りでぶるぶる震えていて、まわりの女の子たちは戸惑っている。

男子たちは唖然《あぜん》とその様子を見守り、わたしはゴミ箱の前に突っ立ったままだ。

ゆがんでしまった空気のなか、幸野がノートを持ってこっちに来た。

そしてわたしにノートを返すと、バッグのなかからコンビニの袋を取りだして、それも渡してくる。

「これ食べな」
かさっと音を立てた袋のなかに、おにぎりとサンドイッチが入っているのが見えた。
これ、幸野のお昼ご飯？
熱があって休むって言ってたくせに。どうして学校なんて来るの？
『熱があっても休んでられないよ。なんか嫌な予感がしてさ』
またわたしのことを、心配してくれたの？
わたしは顔を上げて幸野を見る。
幸野もわたしのことを見ている。
その頬が少し赤い。
やっぱり……。
わたしは急いで席に戻ると、持っていたものをぜんぶバッグに押し込んだ。
それを肩にかけ、突っ立ったままの幸野の手をつかみ、そのまま廊下へ引っ張り出す。
教室がざわついたのがわかったけど、もう振り向かない。
「え、なんだよ……池澤さん？」
さすがに戸惑っている幸野を連れて、階段を下りる。
廊下を早足で歩き、保健室の前で足を止めた。

「まだ熱あるんでしょ？　なんで学校なんて来るのよ！」

「は？」

わたしは幸野の胸に、無理やりブレザーを押しつける。

「わたしのために、なんでこんなことするの？　意味わかんない」

押しつけたまま、わたしはうつむいた。

なんだか悔しくて悔しくて、仕方ない。

幸野はブレザーを受け取ると、そっとわたしの顔をのぞき込んできた。

「池澤さん？　もしかして泣いてる？」

わたしは首を横に何度も振ると、保健室のドアを開け、幸野の体を押し込んだ。

4

「す、すみません！　このひと、熱があるみたいなんです！」

「あらあら」

首をかしげながら出てきた保健室の先生が、幸野の顔を見る。

「まぁ、ほんとね。顔、赤いわよ。熱測ってみましょうか」

「お、お願いします！」

幸野の代わりに頭を下げた。

幸野はただ不思議そうに、わたしのことを見下ろしていた。

幸野はやっぱり熱があった。三十八度も。

「幸野くん、だっけ？　家は近いの？」

「えっと、電車で三駅先ですけど」

「おうちのひと、迎えに来れるかしら？」

すると幸野が勢いよく首を横に振った。

「無理です。家のひとみんな出かけてるんで。ていうか、小学生じゃないんだから、ひとりで帰れますよ」

そして先生にぺこっと頭を下げると、「じゃあ、いま来たばかりだけどもう帰ります」なんて言って、バッグを肩にかけてドアに向かった。

「幸野くん、あんまり無理しちゃだめよ？　熱が下がらないようなら、病院で診《み》てもらいなさい」

「はぁい」

わたしも先生に「ありがとうございました！」と頭を下げると、幸野のあとを追って、廊下へ出た。

午後の授業がはじまったのだろう。廊下は静まり返っていた。

「じゃ、ここで」

立ち止まった幸野の前で、わたしは思いきって言う。

「わたし、送ってく」

「え？」

「幸野の家まで送ってく。荷物も持ってきたし」

そう言って自分のバッグを見せると、幸野は驚いた顔をした。

わたしは照れくさくなって、顔をそむける。

「きょ、教室に戻っても、ぜったいなんか言われるし。制服も汚れちゃったし。今日はもう帰りたいの」

しばらく黙っていた幸野が、「そっか」とつぶやいた。

「じゃあ、一緒に帰ろう。池澤さん」

そっと顔を上げると、幸野が嬉しそうに笑っていた。

校門を出て、駅に向かって歩く。

いつもと同じ道だけど、いつもより時間が早い。

天気の悪かった昨日と違い、空はよく晴れ、白い雲が浮かんでいる。

電車は席があいてなくて、幸野はつらそうに見えた。

だけどわたしが視線を送ると、へらっと笑ってみせる。

やせ我慢しなくてもいいのに。ほんとバカなやつ。

最寄り駅に着くと、幸野は大きく息を吐いた。

「はぁ……」

やっぱり具合が悪いんだ。

わたしはちょっと足を速めて、幸野のとなりに並ぶ。

そしてそっとその手を握った。

「池澤さん？」

幸野がわたしを見たけど、無視して歩く。

そんなわたしのとなりで、幸野が笑った。

「風邪うつっても、知らないよ？　てか、おれのこと、そんなに心配？」

わたしは黙って進んだあと、ぼそっと口を開く。

「わたしの……せいだから」

つめたい風が、わたしと幸野の間を吹き抜ける。

だけど幸野の手は、すごく熱い。

わたしの耳に幸野の声が聞こえた。

「おれが好きでやってるだけだよ」

そのとき、幸野が教室で言った言葉を思い出した。

『おれは池澤さんのこと好きだから』

いまごろになって、急に心臓がドキドキしてきた。

「ここでいいよ」

気がつくと、わたしたちは歩道橋の上まで来ていた。

いつものように真ん中で、幸野が足を止める。

「い、家まで送る」

「やさしいんだな、今日の池澤さんは」

だってやっぱりほっとけない。

「こ、幸野の家って、どこなの？ 小学生のころ、住んでたところ？」

「いや。いまは違う」

「おうちのひと、いつ帰ってくるの？ 遅いの？」

「おうちのひとかぁ……」

幸野の手が、わたしから離れた。

「違うよ」

そして手すりに手をかけて、遠くを見つめる。

「うちの母親さ……二か月前に死んだんだよね。病気で」

「え……」

思ってもみない言葉に、わたしは呆然とする。

幸野はそんなわたしを見て、小さく微笑む。

「うち、おれが三歳のころに両親離婚して、父親が出ていっちゃったんだ。それからずっと母子家庭だったんだけど……東京に引っ越したあと、母さん病気になって死んじゃって、おれひとり残されてさ。顔も覚えてない父親に、引き取られることになったんだ」

わたしは幸野のとなりに黙って立ち、その声を聞く。

「父親はもう再婚してて、若い奥さんと生まれたばかりの赤ちゃんと暮らしてた。このあたりに新しい家まで建ててさ。だからおれみたいな厄介者《やっかいもの》、引き取りたくなかっただろうけど……まぁ、しょうがないよな。一応父親だし、高校生の息子を、路頭《ろとう》に迷わすわけにはいかないし」

幸野は遠くを見たまま、はぁっと白い息を吐く。

「で、おれも仕方なく、この町に戻ってきたわけだけど……それでも感謝はしてるんだ。うまい飯《めし》を食わせてもらって、あったかい布団を用意してもらって、高校まで行かせてもらってさ。でも卒業したらあの家を出て、ひとりで生きていこうと思って……だからバイトして金貯めてる」

「そう……だったんだ」

国道を車が行き交う。

救急車のサイレンが遠くに聞こえる。

幸野はわたしのとなりでふっと笑うと、こっちを見た。

「信じた？　いまの話」

「え？」

「なんでも信じちゃうんだよな、池澤さんって。マジで、心配」

わたしは呆然と幸野の顔を見る。

もう一度笑った幸野は、なにも言わずにまた遠くを見た。

「う、うそなの？」

幸野の横顔に、午後の日差しが当たる。

また騙された。腹が立つ。

本心を見せない、この男にも。

簡単に信じてしまう、自分自身にも。

「ほんとにここでいいから」

歩きだそうとした幸野の手を、ぎゅっとつかんだ。

「だめ。家まで送る」

「いいよ。ひとりで帰れるって」

「だめ」

幸野があきれたように、ため息をついた。

「じゃあ……一緒に帰ろうか」

わたしは握った手に、力を込める。

こうなったらもう、離してやるもんか。

ぜったい、離してやるもんか。

わたしたちは並んで階段を下り、いつもとは違う方角へ向かって歩いた。

国道をしばらく歩いて右に曲がると、新しい家が建ち並ぶ住宅街に入った。

幸野の家はこの先にあるんだという。

手をつないだまま歩いていくと、綺麗な洋風の一軒家が見えた。

「あ、悟くん！」

ガレージに停まった車から降りてきた、若い女のひとがそう呼んだ。

「おかえりなさい」

女のひとは赤ちゃんを抱いてこっちを見ている。

「そっちもおかえりなさい。いま帰ってきたんですか？」

幸野がわたしのとなりで言う。

わたしはあわててつないでいた手をほどいた。

女のひとはにっこり微笑むと、幸野に話しかけてくる。

「ええ、そうなの。ごめんなさいね、一週間もひとりにしちゃって」

「いえ、ぜんぜん」

幸野は笑顔でそう答えてから、女のひとに抱かれている赤ちゃんに声をかけた。

「陽翔《はると》ー、元気だったか？　おばあちゃんち、楽しかったか？」

赤ちゃんはきょとんとした顔で、幸野のことを見ている。

わたしがなにも言えずに突っ立っていたら、女のひとがぺこっと頭を下げた。

わたしもあわてて、おじぎをする。

「悟くん？　お友達？」

「あ、うん。同じクラスの子。おれちょっと具合が悪くて、この子が送ってくれたんだ」

「まぁ、ありがとうございます。よかったら、上がっていって？」

わたしはさらにあわてて、首を横に振る。

「い、いえ、けっこうです。わたしはこれで……」

「そう？　じゃあまた遊びに来てくださいね」

「は、はい。お大事に」

女のひとは赤ちゃんを抱いたまま、家のなかへ入っていく。

それと入れ替えに、車からキャリーバッグを運んできた男のひとが幸野に言った。

「転校早々女の子なんか連れて歩いて……まだ授業中じゃないのか？　ちゃんと学校に行ってるんだろうな？」

「行ってるよ」

幸野がそっけなく答える。

男のひとはふんっと鼻を鳴らして、家のなかに入っていった。

「あの……」

わたしは幸野の背中に声をかける。

すると振り返った幸野が、いつもの調子で軽く笑いかけた。

「これがうちの家族だよ。ていうか、同居人？」

幸野は玄関のドアが閉まったのを確認してから、わたしの耳元にささやいてくる。

「まぁ、おれは、あの父親に嫌われてるみたいだけど」

「ど、どうして？」

「自分よりイケメンだから？」

わたしはパッと幸野から離れて言う。

「ふざけないでよ！」

「うそうそ、冗談だって」

幸野はへらへら笑って、立派な一軒家を見上げながらつぶやく。

「まずはおれの見た目がチャラいこと。勉強をサボってたせいで成績が良くないこと。それから、いい加減でうそつきなこと。そしてそれはぜんぶ、死んだ母親の育て方が悪かったんだと父親は思ってる」

幸野の声が小さくなる。

「悪いのはおれで、母さんのせいじゃないのに……」

ぽつんと浮かんだ幸野の言葉が、わたしの胸に染み込んでくる。

きっとこれは本心だ。幸野のほんとうの気持ちなんだ。

わたしはじっと、幸野の顔を見つめてつぶやく。

「さっき、歩道橋で話してくれたこと……ほんとうだったんだね？」

幸野はそれに答えず、わたしに向かって言う。

「池澤さん。ひとりで帰れる？」

「え、あ、うん」

「熱上がってきたみたいだから、おれはおとなしく寝るよ」

わたしはぼんやりと、幸野の顔を見る。

「じゃあ、また明日。池澤莉緒さん」

幸野がすっと顔をそむけ、玄関のドアを開け家に入っていく。

そのドアが静かに閉まるのを、わたしは黙って見つめる。

どうしてだろう。

なんだかすごく、胸が痛い。

5

翌朝、寝不足のまま家を出て、学校へ向かう。

昨日の夜もいろんなことを考えてしまって、また眠れなかった。

最近こんなのばっかり。

気がつけば頭のなかで、幸野のことを考えている。

二か月前にお母さんが亡くなったって言っていた。

小さいころに別れたお父さんと、その奥さんと赤ちゃんと暮らしているって。

冗談みたいに言っていたけど、あの話はきっとほんとうだ。

だから幸野はこの町に戻ってきて、うちの学校に転校してきたんだ。

歩道橋の上で足を止め、幸野の家の方向を見下ろす。

幸野はどんな気持ちで、あの家族と暮らしているんだろう。

『卒業したらあの家を出て、ひとりで生きていこうと思って……だからバイトして金貯めてる』

つめたい風に吹かれながら、ぎゅっと手を握る。

歩道橋から見上げた真冬の空は、どこまでも青く澄《す》み渡っていた。

教室に着くと、甲高い笑い声が聞こえてきた。

あかりだ。

今日は自分の席で女の子たちに囲まれて、楽しそうに笑っている。

わたしはごくんと唾《つば》を呑み込み、気づかれないようにそっと教室に入る。

あかりたちと少し離れたところの席に、幸野が座っていた。

熱……下がったのかな。

昨日より、顔色は良さそうに見えるけど。

でも今日、幸野はひとりでいる。

いつもだったら、あかりたちとしゃべっているのに。

『今度池澤さんを傷つけたら、おれがあかりんを殺すよ?』

昨日あかりにあんなこと言ったからだ。

だけどわたしはなにもできず、黙って自分の席に向かう。

そして気配を殺すようにして、授業の準備をはじめたとき——。

「池澤さん、おはよう」

びくっと肩を震わせ、顔を上げる。

いつの間にかわたしの前に、幸野が立っている。

「な、なによ、急に」

「え、声かけるくらいいいだろ? クラスメイトなんだし」

わたしはちらっとあかりのいる席を見る。

あかりたちもこっちを見ていて、なにかこそこそと話している。

「大丈夫だよ」

幸野が小声でわたしに言った。

「あかりんたちのことなら、心配しなくていいから」

わたしは幸野の顔を見上げる。

「池澤さんは、なにも心配しなくて大丈夫」

幸野はそう言って、にっと笑うけれど……。

みんなの前であんなことを言われたあかりが、黙っているはずはない。

「それより池澤さん、風邪ひいてない？」

「え、べつに……」

「よかった。おれの風邪、池澤さんにうつしちゃってたら、やべーって思って」

幸野が調子よく笑う。わたしは顔をしかめて聞く。

「そっちこそ……もう熱は下がったの？」

「おかげさまで。池澤さんがやさしくしてくれたから、下がったよ」

幸野は「じゃあ、また」と言って、自分の席に戻っていく。

どこまでがうそで、どこまでがほんとなんだろう。

やっぱり幸野という男は、よくわからない。


しかしその日から、あかりたちの嫌がらせはピタリと止まった。

不思議なくらいなにも起こらない毎日が、おだやかに過ぎていく。

ただ幸野も、わたしと同じようにいつもひとりでいる。

あかりたちと話すこともなく、なんとなく退屈そうに窓の外をながめているだけだ。

そして一日の授業が終わり、放課後になると、今日も幸野がやってくる。

「池澤さん、一緒に帰ろう」

やっぱりいつものように、胡散くさい笑顔を見せて。

「なぁ、池澤さん。やっぱおれたち、つきあおうよ」

その日の帰り道。

いつもの歩道橋の上で、幸野が言った。

「てか、もうつきあってるようなもんだけどな」

わたしたちは毎日一緒に帰る。

朝は幸野のほうが早く登校してしまうから、一緒に通うことはないけれど……帰りはいつも一緒だ。

「……なんで幸野とつきあわなきゃなんないの？」

「んー、なんでって……」

少し考えるそぶりをしてから、幸野はわたしに言う。

「もっと池澤さんのことを知りたいから」

なぜか胸の奥がドキッとする。

「つきあえば、もっと池澤さんのそばにいられるだろ？　そうすれば池澤さんのこと、もっと知ることができると思うんだよね」

なんて答えたらいいのかわからない。

足を止め、幸野の顔を見上げる。

幸野は夕陽の当たっているわたしの顔を、なんだかまぶしそうに見ている。

「なんでわたしのこと……知りたいの？」

すると幸野がまっすぐわたしを見つめて言った。

「好きだからだよ」

頬がかあっと熱くなる。

「好きなひとのことは、誰だって知りたくなるだろ？」

幸野はまだわたしを見ている。

わたしは耐えきれなくなって視線をそらす。

幸野がわたしの手をぎゅっと握った。

驚いて顔を上げると、幸野は満足そうな顔でわたしを見下ろしている。

あわててまた目をそらす。

わたしは幸野から目をそらしてばかりだ。

この手だって、いますぐ振り払って逃げだしたいのに……それができない。

幸野がそんなわたしの顔を、無理やりのぞき込んでくる。

「つきあってくれる？」

至近距離でささやかれて、頭がくらくらした。

気づけばわたしは、こくんっと小さくうなずいていた。
幸野がわたしの前で笑う。すごく嬉しそうに。
そしてわたしの手を引いて、ゆっくりと歩きだす。
なんなの、これ。意味わかんない。
なんでこんなことに、なっちゃったんだろう。

幸野悟が転校してきて、一か月が経っていた。

第三章　ほんとうの気持ちが知りたい。

1

「莉乃。あんたまたお酒飲んでたの？　昨日何時に帰ってきたのよ？」

「うー、頭痛い」

「んー、四時ごろ……」

「まぁっ、さっきじゃない！　まさか朝まで飲んでたんじゃないでしょうね！」

「お母さん、大声上げないで。頭にガンガン響く」

キッチンで騒いでいるお母さんとお姉ちゃんの声を聞きながら、わたしは立ち上がる。

「いってきます」

「ああ、莉緒、ゴミ出してって」

お母さんにゴミの袋を持たされた。

わたしは顔をしかめて、でも仕方なくそれを持ってキッチンを出る。

「いってらっしゃーーい。莉緒ー」

お姉ちゃんのだらけた声が背中に聞こえた。

住宅街のゴミ置き場にゴミを捨て、のろのろと歩きだす。

ランドセルを背負った小学生たちが、学校に向かってにぎやかに歩いていく。

ひとりの男の子がサッカーボールを持っていて、なんとなくその子の背中を目で追ってしまう。

「え……」

そのときわたしは、驚いて立ち止まった。

子どもたちが向かう小学校の方向から、見慣れた制服を着た生徒が歩いてくる。

「あれ、池澤さん」

幸野だ。

「な、なんでそっちから来るの？」

幸野の家は国道に出て、歩道橋よりもっと先に行ったところだ。

駅もこっちじゃないし、なんで小学校のほうから来たんだろう。

「あー、今日はちょっと遅かったか」

「え？」

「じゃあこれから毎朝、この時間に来ようかな。そしたら池澤さんと一緒に登校できるし」

意味がわからない。

「おれたち、つきあってるんだもんな？」

幸野がとなりに並んで、わたしの顔をのぞき込んでくる。

わたしはあわてて、顔をそむける。

「な、なんで小学校のほうから来たのって聞いてるの！」

「ああ、ちょっとこっちに用があって」

幸野はいつものようにへらっと笑ってごまかして、ポケットに突っ込んでいた手を出す。

そしてその手で、わたしの手を握りしめた。

「一緒に学校行こう」

つながった手があったかい。心臓がドキドキしてくる。

幸野はなんでもないように、駅に向かって歩きだす。

「今日の体育、持久走だって。だるいよなー」

「そ、そうだね」

「あ、じゃあ一緒にサボる？」

「サボるなんて良くないよ」

「うわ、真面目ぶっちゃって。この前おれと一緒に、午後の授業サボったくせに」

「あ、あれは、緊急事態だったんだから、仕方ないでしょ！」

あわてるわたしのとなりで、幸野が笑う。

「おれ、すっごくいいサボり場所見つけたんだよね。こんな天気のいい日は、あったかくてサイコーなんだ。池澤さんと一緒に行きたかったなぁ」

幸野がいたずらっぽい表情で、わたしの顔をのぞき込んでくる。わたしはさっと、視線をそむける。

そして頭のなかで考えた。

すごくいいサボり場所ってどこなんだろう。幸野と一緒なら、ちょっとだけ行ってみたい……なんて。


それから幸野は、毎朝、家の近くでわたしを待つようになった。

なぜか小学校のほうから歩いてくるみたいだけど、理由を聞いても「ちょっと用事が」なんて言って、はぐらかす。

手をつないで駅まで歩いて、おんなじ電車に乗って、学校までの道を歩く。

教室に入るとあかりたちが笑っていて、幸野とわたしのことを無視する。

その代わり、無視以外の嫌がらせはまったく起きない。

そして放課後になると、幸野はわたしの席にやってきて言うんだ。

「池澤さん、一緒に帰ろう」って。

その日の放課後も、駅から家への道を幸野と手をつないで歩きながら、わたしはつぶやいた。

「ねぇ……」

「ん？　なんかされた？」

「あかりたちのことなんだけど……」

わたしは首を横に振る。

「なんにもされてないよ」

「よかったじゃん」

幸野がわたしのとなりでへらっと笑う。

わたしはつないだ手に、きゅっと力を込める。

「わ、わたしはいいけど、幸野はいいの？」

「は？」

「だってあかりたちに無視されて……幸野まで無視される必要はなかったのに」

休み時間、楽しそうに笑っていたり、放課後、みんなでカラオケに行ったりしていた。

幸野はあかりに気に入られていて、クラスのなかでも中心人物だったはず。

それなのにいまは……いじめられっ子の地味な女とつきあって、みんなから変な目を向けられている。

幸野はきょとんとした顔でわたしを見てから、あははっと声を上げて笑う。

「いいよ、誰かをいじめて楽しんでるひとたちなんて、自分のそばにいなくても。池澤さんだって、そう思ってるだろ？」

幸野がわたしの顔をのぞき込む。

「消えちゃえばいいって思ってるだろ？」

わたしは首を横に振る。

「そんなこと、思ってない」

「え？　あんなひどいことされたのに？　もしかしてまだ、自分にも悪いとこがある、なんて思ってるわけ？」

くちびるをぎゅっと噛みしめた。

「ひ、ひどいことはされたけど……でもそこまでは……」

「甘いな」

幸野がつめたい声で言った。

「池澤さんは甘いよ。お人よしすぎる」

「で、でも『殺す』とか……そういうこと言うのはよくない」

「は？　先にノートに書いてきたのは、あかりたちじゃん」

「そうだけど、でも……」

幸野が足を止めた。わたしも足を止め、幸野の顔を見る。

幸野はじっとわたしのことを見つめている。

「仕返ししても……なにもいいことなんてないよ」

喉の奥から押しだすように、そう言った。

幸野は一瞬、苦しそうに顔をゆがめて、わたしから視線をそむけた。

立ちつくすわたしたちのわきを、たくさんの車が通り過ぎる。

つめたい風が吹き、わたしのスカートをふわっと揺らした。

「池澤さんは……許せるんだ」

「え……」

「いじめたやつらのこと、許せるんだ」

わたしは少し考えて、幸野に伝える。

「そ、そんな簡単に許せるわけじゃないけど……」

「ほら、やっぱり許せないんじゃん」

わたしは一回息を吐き、幸野の顔を見上げて言う。

「でもこれだけは言える。わたしのために……幸野まで傷ついてほしくない」

わたしの声が、乾いた空気のなかに浮かぶ。

幸野は黙ってわたしを見つめたあと、ははっと笑った。

「あ、おれのことならご心配なく。ぜんぜん傷ついたりしないから」

そしてわたしの手を握り直し、ゆっくりと噛みしめるように言葉を放つ。

「おれはこの世界に、池澤さんさえいればそれでいい」

教室のなかに響く、あかりたちの笑い声。

遠くから様子をうかがうような、クラスメイトの視線。

つめたい世界のなか、わたしは幸野とふたりぼっち。

一瞬ふわっと、浮き上がるような気分になったあと、わたしはあわてて頭を振った。

そんな毎日で、いいわけない。

「な、なに言ってるの？」

「そうだ！　池澤さん、今度、デートしようよ」

「えっ！」

「おれたちつきあってるんだから、いいだろ？」

「そ、そうだけど、そんな、急に……」

「あ、照れてる。かわいい」

「バカにしないでよ！」

幸野がけらけら笑いながら歩きだす。

こんなことであたふたしてしまう自分が嫌になる。

いつもの道を、ゆっくりと歩く。

歩道橋の上で、幸野が立ち止まる。

「そういえばさ」

立ち止まったわたしの耳に、幸野の声が聞こえる。

「お姉ちゃん、元気?」

「え?」

思いも寄らない言葉に顔を向けると、幸野が小さく笑って言った。

「池澤莉乃さん」

なんでお姉ちゃんのことなんか聞くの?

「げ、元気だけど?」

「それはよかった」

満足そうに笑った幸野が、わたしから手を離す。

「じゃあ、また明日」

わたしはぼんやりと幸野の顔を見つめる。

「池澤莉緒さん」

そう言って軽く手を振ると、幸野は階段を駆け下りた。

そして自分の家の方向へ向かって、走っていく。

わたしは歩道橋の上から、その背中を見送る。

空から差した夕陽に照らされて、幸野の背中がオレンジ色に染まっていた。

2

翌日はなぜか早く目が覚めてしまった。

昨日は寝る前に幸野の声が頭に浮かんで、気になって寝つくのも遅かった。

『おれはこの世界に、池澤さんさえいればそれでいい』

その言葉を思い出し、朝から胸がドキドキする。

わたし、おかしい。

これもぜんぶ幸野のせいだ。

布団から飛び起き、制服に着替える。

髪を整え、キッチンに行くと、お母さんが驚いた顔でわたしを見た。

「どうしたの、今日は。やけに早いじゃない。まだご飯できてないけど?」

わたしは「ご飯はいらない」とお母さんに言ってから、バッグを肩にかけ家を出る。

「今日は早く行くね。いってきます」

お母さんは不思議そうな顔をしたまま、「いってらっしゃい」とつぶやいた。


いつもの道に小学生はまだ歩いていなかった。

幸野の姿も見えない。

空は今日もよく晴れていて、乾燥した空気はピリッと痛いくらい冷えている。

わたしはその場に立ち止まって考える。

毎朝、小学校のほうから歩いてくる幸野。

いったい家を何時に出ているんだろう。

どこで時間をつぶしているんだろう。

わたしはやっぱり、幸野のことをなにも知らないんだ。

ゆっくりと足を動かした。小学校の方向へ。

きっとそっちに行けば幸野に会えるって、そう思ったから。


早朝の小学校には、ひと気《け》がなかった。

もう少しすれば、ここにたくさんの子どもたちの笑い声やはしゃぎ声が響くはず。

フェンスの外から校庭をながめる。

夕暮れの放課後、幸野とふたりでここに来た。

あの日……わたしはとなりにいた幸野の、遠くを見つめていた視線を思い出す。

あの日、幸野が見ていたのは……。

校庭の向こうに見える、団地の建物。

もうすぐ取り壊されて、新しいマンションが建つって、お母さんが言っていた気がする。

わたしが小学生のころまでは、ひとが住んでいたけれど、いまはすべて空き家になっているはず。

わたしは学校のフェンスに沿って歩きだす。

あの団地に向かって。


ひと気のない団地の敷地に入った。

古い建物は朝なのに薄暗く、まわりの草木は伸び放題。

駐車場があったはずの場所も、雑草が生い茂っている。

そこでわたしは見つけた。

建物の階段の一番下に座って、ぼんやりとしている幸野の姿を。

「なに……してるの？　こんなところで」

近づいて声をかけると、幸野はびくっと肩を震わせた。

「え、池澤さん？　なんでいるんだよ？」

わたしは立ち止まり、幸野の顔を見下ろす。

幸野は驚いた表情で、わたしを見ている。

「毎朝、ここに来てたの？」

そっと幸野から視線をそらし、わたしはあたりを見まわした。

つめたい風がびゅっと吹き、枯葉がかさかさと音を立てる。

壊れかけたフェンスは、いまにも崩れ落ちそうだ。

幸野は小さく息を吐くと、観念したようにつぶやいた。

「小学生のころ……ここに住んでたんだ、おれ」

「え……」

わたしはもう一度、幸野の顔を見る。

幸野は階段に座ったまま、ふっと笑いかける。

「だから、ちょっと懐かしくて……あのころは母さんも元気だったよなぁ、なんて」

そうか。ここは幸野にとって、思い出の場所だったんだ。

亡くなったお母さんと暮らした思い出の……。

「ここ、マンションになるんだってな」

幸野がぽつりとつぶやいた。

「うん……そうみたい」

「そのほうがいいよ。こんなボロい建物、さっさとぶっ壊しちゃえばいい」

急に乱暴なことを言うから、わたしはちょっと驚いた。

本心なのかな、それ。

大切な思い出の場所がなくなってしまうのは、きっと寂しいはずなのに。

でも幸野はぜったい、それを口にしない。

いつだって、いい加減なことを言って、ごまかして。

だけどわたしは、幸野のほんとうの気持ちが知りたい。

じゃあ幸野の気持ちを知るにはどうしたら……。

わたしの頭に、つきあうことになった日のやりとりが浮かんでくる。

『つきあえば、もっと池澤さんのそばにいられるだろ？　そうすれば池澤さんのこと、もっと知ることができると思うんだよね』

あの日、幸野はそう言った。だったら幸野のそばにいれば、もっと幸野のこと、知ることができるかな？

でもわたしはどうしてこんなに、幸野のことを知りたいんだろう。

そこまで考えてハッとした。

『好きなひとのことは、誰だって知りたくなるだろ？』

かあっと頬が熱くなる。

それってもしかして……わたしが幸野のことを……。

「なんか顔、赤くね？　池澤さん」

幸野がわたしを見上げて、首をかしげている。

「あ、えっと……わたし、毎朝ここに来ようかな？」

「は？　来てどうするんだよ、こんなとこ」

ははっと笑う幸野のとなりに座る。できるだけ離れて。

「でも幸野は明日も来るんでしょ？」

この寒いなか、たったひとりで。

わたしがその顔を見て言ったら、幸野がさりげなく視線をそらした。

「だからって、なんで池澤さんまで来るんだよ」

「わたしのそばにいたいって言ったのは、幸野のほうだよ？」

幸野が前を見たまま、口をとがらせた。

「……勝手にすれば？」

「うん。勝手にする」

廃墟《はいきょ》のような建物から、荒れた敷地をながめる。
幸野が住んでいたころ、ここはどんな景色だったのかな。
わたしは小学生だった幸野の姿を想像する。
サッカーがうまかったって言っていた。
きっと元気な男の子たちと一緒に遊んでたんだろうな。
この団地にも、まだいろんな家族が住んでいて。
幸野の他にも、子どもたちが敷地内を、走りまわっていたかもしれない。
つめたい風が吹き、ぶるっと体が震えた。
そろそろ小学生が登校してくる時間なのに、なんの音も聞こえてこない。
ここだけが、世界から切り取られてしまったかのように。
ほんとうにこの世界が、わたしたちふたりきりになってしまったかのように。
すると幸野が、ゆっくりと腰を上げてつぶやいた。
「そろそろ行こう」
座ったまま、幸野を見上げる。
幸野はあきれたような顔で、わたしに笑いかける。
「池澤さんって、やっぱり頑固だな」
「え？」

もう一度笑った幸野が、わたしに手を差し伸べた。

「行こう。学校に」

ふたりだけの時間が終わってしまう。わたしたちはまた、あの息苦しい世界に行かなければならない。

ちくんっと胸が痛んだけれど、わたしは自分の手を幸野の手に重ねる。

幸野はその手を握りしめ、ぐっとわたしの体を引っ張り上げた。

「大丈夫だよ、おれがいるから」

立ち上がったわたしは、幸野の手を握り返す。

そして手をつないだまま、ふたりゆっくりと歩きはじめる。

こんなふうに歩いている自分が、いまでもまだ不思議だけど……。

だけど今日ここに来てよかった。

わたしはほんの少し、となりにいるこのひとを、知ることができたから。

3

次の日もわたしは早起きして、学校へ行く支度をした。

お母さんは今朝も、不思議そうに声をかけてくる。

「莉緒？　ご飯いらないの？」

「いらない！」

バタバタと駆け足で、家を飛びだす。

お姉ちゃんはまだ寝ている時間だ。

学校なんて、行きたくないって思っていたのに。

明日なんて、来なければいいって思っていたのに。

小学校までの道を走り、フェンスに沿って進んで、誰も住んでいない団地の敷地に入る。

今日もそこの階段の下で、幸野が座っていた。

そしてわたしに気づくと、「ほんとに来た」とつぶやいて、おかしそうに笑った。

あかりたちからの嫌がらせがなくなったとはいえ、まだまだ学校という場所は油断ができなかった。

特に女子しかいないトイレと更衣室は、わたしにとって地獄のような場所だ。

わたしが入った途端、ひそひそくすくす声がする。

制服を隠されたり、ケチャップをかけられたりしていたころよりは、ましだけど。

だからわたしは体育の授業があるとき、なるべく時間をずらして更衣室へ行く。

あかりたちが着替え終わったころ、こっそり入り、急いで着替えをするんだ。

その日も最後に着替えを終え、ひとりで教室へ向かって歩いていた。

次は昼休みだから、ゆっくり戻ればいい。

そのとき渡り廊下で、わたしを呼ぶ声がした。

「池澤さん」

サッカー部の羽鳥先輩だ。

一年前のことを思い出し、体に緊張が走る。

「久しぶりだね、元気？」

「は、はい」

あかりはテニス部の練習中、サッカー部の羽鳥先輩を好きになった。

声をかけたいけどひとりじゃ恥ずかしいと言って、いつもわたしを連れていった。

そのうち先輩はあかりだけじゃなく、わたしとも気軽に話してくれるようになって……。

でもあんなことになってから、わたしは先輩と一度も話していない。

久しぶりに会った先輩は、わたしの顔を見てやわらかく微笑む。

「よかった。元気そうで。なんか悪いことしちゃったなぁって、ずっと気になってて」

悪いことって……先輩がわたしに告白したことと？　テニス部の二年生から聞いたよ。

「あかりちゃんと、うまくいってないんだって？

池澤さんが、部活やめちゃったってことも。それって……おれのせいだよな」

「ち、違います」

先輩はなにも悪くない。

自分の気持ちを正直に伝えてくれただけ。

そのせいでわたしはあかりを怒らせてしまったけれど、先輩はなにも悪くない。

「わたしだったら、ぜんぜん大丈夫ですから」

「そうなら、いいんだけど……」

困ったように頭を掻いた先輩は、苦笑いしながらわたしに言った。

「池澤さん、彼氏できたんだね」

「えっ」

突然の言葉にあわてる。

「帰り、よく一緒に歩いてるから」

幸野といるところ、先輩にまで見られてたんだ。

恥ずかしくなってうつむいたわたしの耳に、先輩の声が聞こえた。

「あいつ……幸野だよな？」

「え？」

顔を上げたわたしの前で、先輩が言う。

「お兄さんが亡くなって、引っ越していった幸野悟だろ？」

お兄さんが亡くなった？

「小学生のころ、おんなじサッカークラブだったんだ。ずいぶんチャラくなってたから、最初わかんなかったけど……こっちに戻ってきたんだな」

知らない。聞いてない。お母さんが亡くなったことしか。

「池澤さん？」

先輩の声にハッとする。

先輩はにっこりわたしに微笑みかける。

「おれのこと覚えてるか聞いてみてよ。今度また、一緒にサッカーやろうって」

「あ、はい」

「じゃあ、また」

先輩は軽く手を上げて、わたしの前から去っていった。

「羽鳥？」

「うん。一個上の先輩。サッカー部の」

その日の帰り、わたしは幸野に聞いてみた。

「小学生のころ、同じサッカークラブだったって」

幸野は空に目を向けて、考えるようなしぐさをする。

「今度また、一緒にサッカーやろうって言ってた。覚えてない？」

「さぁ、覚えてないな」

わたしはとなりを歩く幸野をにらむ。

「ほんとに？」

「え、おれがうそついてるって思ってる？」

「うん」

だって、同じクラスでもないわたしのことを覚えていたのに、同じサッカーチームだった先輩のことを覚えていないわけないもの。

「ほんとは覚えてるんじゃないの？」

幸野は言いたくない話になると、すぐにはぐらかすから。

「ていうかさ」

幸野がわたしから目をそらして言う。

「そいつがどうしたの？　もしかして告白された先輩って、そいつのこと？」

心臓がドキッと跳ねた。

幸野がにやっとわたしを見る。

「だよな？　池澤さんはすぐ顔に出る」

「話そらさないでよ。先輩のこと覚えてるくせに、どうしてうそつくの？」

「だからほんとうに覚えてないんだって。記憶力悪いんだよ、おれ」

「うそ」

飼育小屋の、ウサギのことだって覚えていたくらいだもん。きっとうそに決まってる。

わたしは立ち止まって、幸野をもう一度にらむ。

幸野は軽く笑ってから、わたしに言う。

「だからぜったい忘れちゃいけないことは、何度も何度も繰り返し声に出して覚えておく」

「え？」

「ぜったい忘れちゃいけない名前とか」

忘れちゃいけない名前？

「そんなの……ある？」

「あるだろ？　フツー。池澤さんはないの？」

「ないよ。そんなの」

あははっと幸野がおかしそうに笑う。

「だったらおれの名前を忘れないように、何度も何度も声に出すこと」

「は？」

「おれが明日消えちゃっても、一生忘れないように」

わたしは思いっきり手を伸ばすと、幸野の腕を強くつかんだ。

「どうしてそんなこと言うの？」

幸野が不思議そうに、わたしを見る。

「どうしてそんなこと言うのよ！」

なんだかすごく不安だった。

こうやって強くつかんでいないと、幸野がほんとうに消えてしまうような気がして……。

ピコンッと電子音が鳴る。

幸野がポケットからスマホを取りだす。

そして片手で画面を確認して、わたしに言った。

「バイト先から呼びだされた」

わたしは腕をつかんだまま、幸野を見上げる。

「行かなきゃ」

幸野の手が、そっとわたしの手に重なる。

そしてわたしの手をつかみ、自分の腕から引き離した。

「大丈夫だよ」

わたしの前で幸野が笑う。

「明日消えたりしないから。そんな顔するなって」

「……信用できない」

おかしそうな笑い声を立ててから、幸野はわたしの耳元に顔を寄せてささやいた。

「あさっての日曜日、どっか行こう」

「え……」

「十時に歩道橋で待ってる。どこ行くか、決めてきて」

幸野の体がわたしから離れる。

「じゃおれ、こっち行くから。ここで」

いつもと違う場所で、幸野が手を振る。

「また日曜日に。池澤莉緒さん」

そのときわたしはハッと気づいた。

幸野が何度も何度も繰り返し呼ぶ名前。

それはわたしの名前だった。

4

「あら、莉緒、どこか出かけるの？」

日曜日、鏡の前で髪を整えていたら、お母さんに聞かれた。

「あ、うん。ちょっと……」

お母さんはじろじろとわたしの髪形や服装をながめる。

休みの日にわたしが出かけるなんて、久しぶりだからだろう。

なんだか居心地が悪くなって顔をそむけたら、お母さんが言った。

「めずらしいわね。あかりちゃんと？」

その名前にドキッとする。

「最近あかりちゃん、遊びに来ないわね」

そんなことを言いながら、お母さんはリビングに行ってしまった。

わたしは小さく息を吐く。

お母さんは、わたしが遊びに出かける相手は、あかりくらいしかいないって思っている。

でも仕方ない。ずっとそうだったから。

わたしはあかりが好きで。ずっとあかりのあとを追いかけ続けて。
『莉緒、莉緒！　こっちにおいでよ！』
わたしがひとりぼっちでいると、いつも仲間に入れてくれた。
『莉緒、クラス離れちゃったけど一緒に帰ろう』
『同じ高校行こうよ。莉緒がいてくれたら寂しくないし』
『ねぇ、一緒にテニス部入らない？　きっと楽しいよ！』
『お願い！　羽鳥先輩に話しかけたいの。莉緒もついてきて』
あかりに声をかけてもらえるのが嬉しかった。
『きっとあかりは池澤さんに、ずっと自分より劣っていてほしかったんだよ』
いつか幸野に言われた言葉を思い出す。
そうなのかな。
あかりはやっぱりそう思っていたのかな。
そしてわたしは……このままでいいって思っているんだろうか。
歩道橋の階段を駆け上ると、幸野がいた。
手すりに手をかけて、ぼんやりと遠くを見つめている。
ずっと前にも、幸野はこんなふうにひとりでいた。

暗くなった空の下、家に帰ろうとしないで。

だけどわたしは、こんな幸野の顔は見たくなかった。

「こ……」

わたしは思いきって声を出す。

「幸野！」

わたしの声に、名前の主がゆっくりと振り返る。

「おはよ、池澤さん」

「お、おはよう」

まぶしい光のなか、わたしの顔を見て、幸野が嬉しそうに笑った。

「どこ行くか、決めてきた？」

歩道橋の真ん中で、幸野がわたしに聞いてくる。

当たり前だけど、今日の幸野は私服だ。

黒いジャケットに細身の黒いパンツ。首にはマフラーをぐるぐる巻いて、頭にはニットキャップ。

悔しいけど、似合っているしカッコいい。

わたしは白いセーターとジーンズに、マウンテンパーカーを羽織ってきただけ。

もうちょっとおしゃれな服を、お姉ちゃんに借りてくればよかったかも、なんて考えている自分が恥ずかしくなって、首をぶんぶんっと振った。

「う、ううん……」

「なんだよ、決めてきてって言ったじゃん」

ほんとうは考えたんだ、すごく。頭が痛くなるくらい。

でもわたしは、男の子と出かけたことなんて一度もないし、最近は女の子とさえ出かけてない。

「こ、幸野の行きたいところでいいよ」

「え、おれの？」

わたしはうなずく。

幸野は首をかしげて、考えはじめた。

「んー、でもこのへん、遊ぶところないしなぁ……」

たしかに。

あかりたちがよく遊んでいるのは、学校の最寄り駅。

あの駅のまわりには、大きなショッピングセンターや映画館、カラオケやカフェなんかもそろっている。

でもわたしたちの住むこのあたりは、住宅街と、国道沿いにあるスーパーやコンビニくらい。

少し考えていた幸野は、「あ、そうだ」と声を出してわたしを見た。

「あそこ行こう」

「あそこってどこ？」

「ちょっと遠いけど、つきあって」

幸野はわたしの手を取ると、行先も言わず、駅に向かって歩きだした。

わたしたちが乗ったのは、学校とは反対方向の電車だった。

「どこに行くの？」と聞いても、「終点まで」と答えて、幸野はいたずらっぽく笑うだけ。

仕方なくわたしは、幸野のあとについていく。

日曜日の電車は、毎朝の通学電車とは違って、どこかのんびりとしていた。

あいている席にふたり並んで座る。

わたしの肩と幸野の肩が触れ合って、幸野はまたわたしの手を握りしめた。

窓からあたたかい光が差し込んでくる。

前に座っているおじさんが目を閉じて、首をこくんっこくんっと揺らしている。

わたしはそのおじさんの姿を見つめながら、電車に揺られる。

手を握ったままの幸野はなにもしゃべらない。

ふと肩に重みがかかった。

となりを見ると、幸野もおじさんと同じように目を閉じて、わたしの肩にもたれかかっている。

「幸野？」

声をかけてみても、目を開けない。

寝てるの？ でもなんだか気持ち良さそう。

電車のなかはぽかぽかあたたかくて。

つないだ手も、わたしにもたれかかる幸野の体もあたたかくて。

わたしもそっと頭をとなりに傾《かたむ》ける。

静かで、ひと気のない車内。

聞こえてくるのは電車の走る音だけで、誰もわたしたちのことなど気にしていない。

『おれはこの世界に、池澤さんさえいればそれでいい』

このままずっと、電車に揺られて走っていけたら。

ふたり寄り添いあって、誰にも気づかれず、遠くまで行けたら。

『わたしもそれでいい』

もしそう答えたら……幸野はどんな顔をするだろう。

電車が大きな駅に着いた。

開いたドアからつめたい空気が入り込み、大勢のひとがざわめきと共に乗り込んできた。

「んあー、よく寝た！」

終点で降りると、幸野は両手を上げて大きく伸びをした。

「てか、起こしてくれよー。爆睡しちゃったじゃん」

「だって気持ちよさそうに寝てたから、起こしたらかわいそうだと思って」

「でも重かっただろ？　おれ、思いっきり体重かけてたもんな」

たしかにちょっとだけ困った。

重いというより、動いたら起こしちゃいそうで、自分の体を動かせなくて。

だけどそんなのは、ぜんぜんたいしたことじゃない。

「大丈夫」

わたしがそう答えたら、幸野があきれたように笑った。

「池澤さんはお人よしすぎる」

そしてわたしの手をそっと握る。

つながりあった手のひらから、ぬくもりが体の奥まで伝わってくる。

「お詫《わ》びに昼飯おごるよ」

「え、いいよ。お金貯めてるんでしょ?」

「大丈夫、大丈夫。バイト代入ったばかりで、ちょっと金持ちなんだ、おれ」

いま住んでいる家を出たいと、幸野は言っていた。

たぶんあの家は幸野にとって、居心地がよくないのだろう。

わたしだって同じ状況になったら、きっと苦しいと思う。

お母さんを亡くして、離れて暮らしていたお父さんの家族と暮らすことになって……。

『お兄さんが亡くなって、引っ越していった幸野悟だろ?』

羽鳥先輩の言葉を思い出す。

お兄さんが亡くなったって、ほんとうなんだろうか。

なんとなく不安な気持ちに包まれながら、人波に流されるように改札を抜け駅舎を出る。

そして少し歩くと、目の前に青い海が広がった。

「わぁ……」

広々とした風景に、自然と気分もほぐれる。

「幸野が来たかったのって、ここ？」

「うん。そう」

　ここはこのあたりでは有名な観光地。

　海岸沿いにはおしゃれなカフェやレストランが並んでいて、海にかかる橋を渡れば、小さな島に行くこともできる。

　昔は家族でよく遊びに来た。それに小学校の遠足でも……。

「あっ」

　わたしはハッと気づき、となりに立つ幸野を見上げる。

「ここ、四年生の遠足で来た……」

「そう。懐かしいだろ？」

「おれ、四年生以来」

　覚えていたんだ、幸野は。あの日のこと。

「わたしも」

「もう一度来たかったんだよね。ずっと、ここに」

　幸野が海のほうを見つめ、つぶやくように言う。

「あの日もいい天気だったよな。でも風が強くて、二組の先生の帽子が飛ばされて、それがおもしろくて男子はみんな笑ってた」

「……よく覚えてるね？」

記憶力悪いって言ったくせに。

幸野はそれには答えずに、ちょっと笑ってわたしに言った。

「あとで砂浜に下りてみようよ」

「うん」

「その前にとりあえず腹減った。なんか食いに行こう」

そう言って幸野は、わたしの手を引き歩きだした。

5

幸野に連れられて入ったのは、海が見えるテラスで食事ができる、素敵なレストランだった。

わたしはメニューを見ながら、ちょっとドキドキする。

こんなおしゃれな店に入ったことなんてない。

おまけにまわりはカップルだらけだ。

なんというか……ものすごく居心地が悪い。

「なにびくびくしてるんだよ」

メニューを見ながら、幸野が首をかしげる。

「だ、だってここ、カップルばっかだよ？」

「は？　おれたちだって、カップルじゃん。堂々としてなよ」

あははっと笑う幸野。

わたしはメニューで顔を隠す。

わたしたちも、まわりのひとからは、カップルって見られているのかな。

ちらっととなりの席を見ると、仲良さそうに笑いあっている男女の姿が見える。

あのふたりはお互い、想いあっているんだろうな。

「好き」って伝えあって、つきあって、デートをしにここに来た。

でもわたしたちは？

だってわたしは幸野のこと……。

「決まった？」

かけられた声にハッとする。

「ま、まだ」

早く決めないと。

こういうとき、わたしはいつも一番遅くて、お母さんに怒られるんだ。

「いいよ、ゆっくり決めな。時間はたっぷりあるんだしさ」

幸野は静かに笑うとテーブルに頬杖《ほおづえ》をつき、海をながめる。

わたしはメニューの陰から、その横顔をちらっと見る。

『好きだからだよ』

わたしたちがつきあうことになったとき、幸野はわたしにそう言った。

ほんとうかどうかはわからないけど。

じゃあわたしは？

わたしはどうして、このひととつきあっているの？

海からの風がふわっとわたしの髪を揺らす。

この季節、テラス席はちょっと寒い。

そうしたら、向かい側に座っていた幸野が立ち上がり、わたしのとなりに座った。

「え、なに？」

「いや、寒いなぁって思って」

幸野の体がわたしに寄り添う。

わたしの心臓がドキッと跳ねる。

幸野はそんなわたしに寄り添ったまま、ポケットからスマホを取りだすと、手を高く上げてわたしたちの前にかざした。

「写真撮ろ」

「は？」

「ほら、笑いなよ。デートなんだから」

そんなこと言われて、笑えるわけない。

「池澤さんは姉ちゃんに似て、かわいいんだからさ」

「え……」

「ほら撮れた」

幸野がわたしに画面を見せる。

いつの間に？　音聞こえなかったし。

小さなスマホのなかで、笑顔の幸野と、そのとなりで顔をこわばらせているわたしが寄り添っている。

「か、勝手に撮らないでよ！」

「勝手になんか撮ってないじゃん。撮ろって言っただろ？」

「で、でもまだ撮っていいって言ってない！」

幸野は笑いながら、またわたしにカメラを向ける。

「怒ってる池澤さんもかわいい」

「ちょっ、ふざけないでよ！」

幸野が見せたスマホの画面には、ふてくされた顔のわたしが写っていた。

「いま、シャッター音しなかったけど」

「無音カメラアプリ入れてるんだ。いつでもどこでも池澤さんの写真が撮れるように」

「知らないうちに撮るとかやめてよね」

「いいじゃん。おれは池澤さんの彼氏なんだから」

彼氏……なんだかすごく違和感。

幸野は立ち上がると、向かい側の席に戻りながら言った。

「食うもん決まった？」

「あ、まっ、まだ。いまどっちにしようか迷ってて……」

幸野はおかしそうに笑って、「まぁ、ゆっくり決めなよ」と言いスマホを操作しはじめた。

幸野のスマホから、ピコンッと、なにかを送信した音が聞こえた。

パスタのボロネーゼとカルボナーラで迷ったあと、わたしは幸野と同じボロネーゼにした。

「なんでこっちにしたの？」

運ばれてきた赤いパスタを見ながら幸野が聞く。

「わたし他のひとの食べてるものが、ぜったい食べたくなっちゃうから」

幸野が噴きだすように笑う。

「だったら言えばあげたのに。次からはふたり違うの頼んで、交換して食べよ」

その声を聞きながら、「次」なんてほんとにあるのかな、なんて思う。

フォークを手に持った幸野が、「いただきまぁす」と機嫌よく言って、パスタを食べはじめる。

わたしも「いただきます」と言ったけど、なんだかうまく食べられない。

だって、緊張する。

あ、白いセーター着てきちゃった。跳《は》ねないように気をつけなくちゃ。ていうか、カルボナーラにしたほうがよかったかも。

そんなことを考えれば考えるほど、動きがぎこちなくなり、ロボットみたいになってしまう。

となりの席からくすくすと笑いあう声が聞こえた。

その向こうの席も、そのとなりの席も。

みんな楽しそうにおしゃべりしながら食べている。

わたしはちらっと向かい側の席を見た。

幸野はパスタを口に入れ、「うん、これ、うまい」なんて言っている。

幸野は緊張しないのかな。

こういうの慣れてるのかな。

女の子とデートしたことあるのかな。

わたしは目の前にいる「彼氏」のことを、なんにも知らないんだ。

パスタとサラダを食べたあと、「デザートも頼もうよ」と幸野が言って、ミニサイズのパフェを注文して食べた。

だけど途中で苦しくなってスプーンが止まったら、「食えないの?」と幸野が聞いてくる。

「う、うん……おなかいっぱいになっちゃって……」

「だったらそう言いなよ。無理しないで」

幸野が手を伸ばし、わたしのパフェを自分のほうへ引き寄せる。

「これ、おれがもらう。いいだろ?」

いつの間にか幸野は、自分の分を食べ終わっている。

「い、いいけど。食べれるの」

「余裕、余裕」

幸野がにこにこしながら、わたしの食べかけを食べはじめる。

「甘いもの、好きなんだ」

「うん。好き」

ちょっと意外だ。

だけどほんとうにおいしそうに食べるその姿を見て、なんだかわたしも嬉しくなる。

幸野悟は甘いものが好き——。

わたしはひとつ、わたしの「彼氏」のことを知ることができた。


レジではさっき宣言したとおり、幸野がお金を払ってくれた。

「やっぱりわたしの分はわたしが払う」と言ったけど、「いいよ、おれが誘ったんだし、電車でほったらかしにしちゃったし」と言って聞かない。

「それに最初のデートのときくらい、カッコつけさせてよ」

あははっと笑う声を聞きながら、わたしたちは海へ向かって歩く。

空はよく晴れていて、海風が心地よい。

「じゃあ次は……わたしが払うね」

「でも池澤さん、バイトしてないじゃん。金あるの？」

「お、お年玉があるから」

「お年玉？　かわいいこと言うなぁ」

バカにされたかな？

よくお姉ちゃんにも、小学生みたいって笑われるし。

でもほんとうに、お年玉はたくさん貯まってるんだ。

趣味もなく、出かけることもなく、特に使い道がないから、毎年銀行に貯金している。

「そういえば、葬儀屋さんのバイトって、ほんとうにしてるの？」

あかりたちと話していた声を思い出す。

「あ、また信じてない？」

「信じられるわけないでしょ？」

「ひどいなぁ。ほんとにやってるよ。雑用だけど」

キラキラした日差しを浴びる幸野の横顔と、葬儀屋さんの仕事がまったく結びつかない。

「『ひとが死ぬ』ってさ、なにも特別なことじゃないんだよね」

前を向いて歩きながら、幸野が口を開く。

「毎日必ず誰かが死んでいくし、自分もいつか死ぬ。おれにとって死っていうのは、ぜんぜん特別なことじゃないんだよ」

そう言って小さく息を吐き、幸野はつぶやく。

「ていうかむしろ、超身近なこと」

幸野の言葉が胸に刺さった。

その痛みが、じわじわと体の奥に広がっていく。

幸野のお母さんが亡くなったことと、もしかしてお兄さんも亡くなったことが、幸野に「死」というものを身近にさせているんだろうか。

わたしはちらっと幸野の顔を見る。

幸野はじっと前を見ていた。

でもその目に映っているのは、この先の道路でも、青い海でも、遠くに見える島でもなくて……どこかもっともっと、遠い世界を見ているような気がした。

わたしはあわてて、幸野の手を握りしめる。

幸野を見てると、いつも不安になるんだ。

突然ふっと、わたしの前から消えちゃうような感じがして……。

幸野はそんなわたしに視線を移し、かすかに微笑む。

「池澤さん、砂浜まで行こう？」

幸野の手が、わたしの手を握り返す。

国道のわきの階段を下りると、わたしたちの目の前に広い砂浜と、青い海が広がった。

6

「海だー！」

わたしの手を離し、幸野が波打ち際に向かって走りだす。

その姿はまるで、遠足に来た子どもみたいだ。

「そんなに来たかったの？　ここ」

風に流される髪を押さえながら、はしゃいでいる背中に聞く。

「うん！　四年生のころと、ぜんぜん変わってねーな。このへんにレジャーシート広げて、弁当食べたんだよな」

「そうだね。国道沿いには新しいお店がたくさんできてたけど、海はなんにも変わってない」

懐かしいなぁ。

昔の思い出が次々とよみがえってくる。

お姉ちゃんのお下がりだったピンク色のリュックサック。

お母さんが作ってくれたお弁当。

クラスは違ったけど、あかりが声をかけてくれて、この砂浜で一緒にお弁当を食べたんだ。

風でレジャーシートが飛んでしまって、それを追いかけるだけで、楽しくてキャーキャー騒いでいたっけ。

「池澤さん！　写真撮ろう！」

「えっ」

幸野がわたしの腕を引っ張り、波打ち際に連れていく。

そして無理やり肩を抱いて、目の前にスマホを掲《かか》げる。

「ほら、撮れた」

「やめてって言ったのに！」

わたしは幸野の体を突き飛ばし、その場から逃げだした。

「うわっ」

よろけた幸野の足元に波が打ち寄せる。

「ひどいなー。池澤さんのせいで、濡れちゃったじゃん」

足元を濡らして文句を言っている幸野は、いつもよりちょっと子どもっぽい。

またひとつ、わたしの知らなかった幸野を知ることができた気がする。

「あのころさ」

幸野が懐かしそうに口を開く。

「男子ってバカだったよな。水に入って靴濡らして、先生に怒られて。家に帰るまで、おれの靴びしょびしょでさ、すっげー気持ち悪かった」

幸野も遠足の日のことを、思い出しているんだろう。

おかしそうに笑う幸野のスニーカーに、また波が打ち寄せる。

「つめてっ」なんて言いながら跳ねまわって、水しぶきが服にかかる。

わたしの頬がふっとゆるんだ。

青い空と青い海。幸野の明るい髪に午後の光が当たって、キラキラまぶしい。

すると幸野が背中を向けたまま、ぽつりとつぶやいた。

「でもバカな子どもでいられたのは、あの日までだった」

幸野の声を、波の音がさらっていく。

「え……？」

わたしは一瞬息を呑む。

「あー、また濡れた。やっべー」

幸野が足元を気にしながら、砂浜に戻ってきた。

わたしはとっさにその腕をつかむ。

「ねぇ」

立ち止まった幸野がわたしを見下ろす。

「それ……どういう意味？」

なぜだか自分の心臓の音が、激しくなる。

腕をつかんだ手が、かすかに震える。

この前、羽鳥先輩から聞いた言葉が、頭のなかをまわっている。

『お兄さんが亡くなって、引っ越していった幸野悟だろ？』

幸野はすっと、わたしから目をそらした。

「幸野」

思いきって声を出す。

「話して」

「なにを？」

わたしはつかんだ腕に力を込めて言う。

「わたしには、つらいことは話せって言ったくせに、幸野はなんにも話さないじゃん。ふざけて、ごまかして、からかって。ほんとうの気持ち、なんにも話してくれないじゃん」

それがすごく悔しくて、もどかしい。

「幸野もつらいことがあるなら……わたしに言って？」

波の打ち寄せる音がする。

遠くに小さな人影が見えるだけで、わたしたちのまわりには誰もいない。

広い砂浜に、わたしたちはふたりぼっちのような気がした。

「もしかして……羽鳥くんから聞いた？　なにか、おれのこと」

羽鳥くん……やっぱり幸野は先輩のことを覚えていた。

きゅっとくちびるを噛んだわたしの手を、幸野がそっと振りほどく。

そして少し歩いて、砂浜の上に腰を下ろす。

幸野は海に目を向け、わずかに口元をゆるめてこう言った。

「あの日、おれの兄ちゃんが死んだんだよ。自殺だった」

わたしはただその場に立ちつくす。

「おれが遠足から帰ったら、団地の前にひとが大勢集まってた。誰かが四階から飛び降りたらしいって。知ってるおじさんが『見るな』っておれを止めたけど、どうしようもなく胸がざわついて、大人の手を振り切って飛びだした。そこで兄ちゃんが死んでたんだ」

幸野は自分の膝をぎゅっと抱え込む。

「あの光景は一生忘れられない」

つめたい海風がわたしの髪をなびかせ、背中がぶるっと震えた。

幸野はわたしを見上げて、いつもと変わらない笑顔を見せる。

「やめよ、こんな話。デートのときにする話じゃない」

乾いた笑い声を聞きながら、わたしは幸野のとなりに座った。

そしてそっとその手を握りしめる。

「いいよ、話して」

幸野が不思議そうな顔でわたしを見る。

「わたし、知りたいの。幸野のこと、ぜんぶ知りたい」

だからふざけないで、ごまかさないで、からかわないで。

お願いだから、無理に笑ったりしないで。

幸野はじっとわたしの顔を見てから、ぽつりとつぶやく。

「……聞きたいの？」

わたしはうなずく。

あきれたように笑った幸野が、わたしからまた視線をそらした。

そして海のほうを見たまま、口を開く。

「いじめだったんだよ」

ぎゅっと胸が痛む。

「母さんにも、もちろんおれにも言わなかったけど、中学でいじめられてたんだ、兄ちゃんは。亡くなったあと、兄ちゃんの持ち物見てすぐにわかった。でも学校は騒ぎを大きくしたくなくて、うやむやに終わらせて……クラスの連中はみんな気づいてたはずなのに」

幸野が反対側の手で、砂をつかむ。

「少し経って、いじめたやつらが親と一緒に謝りに来た。仕方なくって感じで。こんなことになるとは思わなかった。暴力振るったわけでも、金を巻き上げたわけでもない。ちょっとからかっただけだって。おれ、こいつら全員殺してやろうかと思った」

そう言うと、幸野はつかんだ砂を悔しそうに投げ捨てた。

「でも母さんは許せって言うんだ。仕返しなんかしたら、あんたもあの子たちと同じ人間になる。そしてまた、あんたが誰かに仕返しされる。憎しみはどこかで断ち切らないと、永遠に続いちゃう。だから一緒に前を向いていこうって」

わたしの頭に、あかりたちにやられたことが、次々と浮かんでくる。

「でもおれはぜんぜん納得できなかった。いじめたやつらは謝って終わり。でもおれたちは団地に居づらくなって、サッカーもやめることになって、母さんと逃げるようにあの町を出た。なんでだよって思ったね。あいつらのせいで、なんでおれたちがって……」

幸野はもう一度砂を握りしめると、その手を砂の上に叩きつけた。

「なかでも一番腹が立ったのは、いじめの首謀者《しゅぼうしゃ》だよ」

「首謀者？」

「そう。謝りに来たやつのひとりが口をすべらせたんだ。おれたちはみんなそいつに命令されてやっただけだって。そいつが怖いから、やるしかなかったって。もちろんそいつは謝りにも来ないし、親にも先生にも気づかれてない。いまも何事もなかったかのように、のうのうと暮らしてる」

いまも？

幸野は疲れたように小さく息を吐いてから、また続けた。

「東京行ってから、おれ荒れてたんだ。なにもかもが嫌になって、なんのために生きてるのかわかんなくなって。母さんにひどいこともたくさんした。なのに母さんは、病気で死ぬ前に何度も謝ってた。『気づいてあげられなくてごめんね』って兄ちゃんに。それと『ひとりにしちゃってごめんね』って、おれに……」

そこまで言うと、幸野はわたしの顔をにらむように見た。

「なぁ、おかしいだろ？　おかしいよな、これ。なんで母さんが謝りながら死ぬんだよ。ほんとうに死ななきゃいけないのは……」

わたしを見つめたまま、幸野はそこで言葉を切る。

そして息を吐くようにつぶやいた。

「おれは忘れてないよ、その首謀者の名前」

わたしの手が震えだした。

その震えが、つないだ手を通して、幸野に伝わっていく。

「し、仕返しするの？」

幸野は答えない。

「だ、だめだよ。そんなの」

黙ったままの幸野の手を、強く握りしめる。

「そんなのはお母さんも、きっとお兄さんも望んでないと思う。わたしだって、わたしの代わりに誰かがあかりに仕返しなんて……そんなのしてほしくない」

わたしはもっと強く、その手を握る。

「だってそんなことしたら、今度はそのひとがあかりから恨まれる。幸野のお母さんが言ったように、憎しみの連鎖《れんさ》が続いちゃう……」

「大丈夫だよ」

わたしの声を、幸野がさえぎった。

「仕返ししたあとに、自分で断ち切ればいい」

「え？」

「おれが消えれば、そこで終わる」

びゅうっと強い風が吹いた。

思わず閉じてしまった目を開いたら、幸野はもうわたしを見ていなかった。

海の向こうの、どこかずっとずっと遠くを見ていた。

そうか。やっとわかった。

幸野がときどき、遠くの世界を見ていたこと。

ふとした瞬間に、いなくなってしまいそうに感じたこと。

それは幸野が、消えようとしているから。

憎んでいる相手に復讐《ふくしゅう》をして、そのあと自分も死んでしまえばいいと思っているから。

「だ、だめだよ」

わたしはそんな幸野の横顔に言う。

「だめだから、そんなの。ぜったいだめだから!」

そんな言葉しか出てこない自分がもどかしい。

だけどわたしは必死だった。

なんとか幸野を引き止めないとって、必死だった。

すると幸野が前を見たまま、いつものように明るく笑った。

「なんてね。うそだよ。死んだりしないよ。ほんとうに死にたいやつは、死にたいなんて言わないんだ。誰にも言わず、ある日突然ぷつっと消える」

わたしは首を横に振り、幸野の手を痛いほど強く握りしめる。

「うそでしょ？　それもうそなんでしょ？」

握った手を、強引に自分のほうへ引き寄せる。

そうしないと、幸野が目の前から、ふっと消えてしまいそうな気がして……。

「ねぇ、変なこと考えないで？　楽しいこと考えよう？　いま死ぬのはもったいないって言ったじゃん。この先、楽しいことがたくさん起きるって……わたしにも、幸野にも起きるって……そう幸野が言ったじゃん」

わたしはあの言葉を、信じてる。

「だからそれまで生きよう？　わたしも生きるから……だから幸野も……」

幸野がわたしの顔を見た。

目が合って、それだけでなぜか泣けてくる。

「生きようよ……ね？」

すがるように、願うように、そう言った。

目の奥がじわっと熱くなる。

すると幸野がわたしの前で、静かに笑った。

「池澤さん」

名前を呼ばれて、くちびるを噛みしめる。

すぐ近くでわたしを見つめる幸野の顔が、涙でぼやける。
「なんで池澤さんが、泣くんだよ」
わからない。自分で自分がわからない。
だけどすごく悲しくて、悔しくて、寂しくて。
幸野にいなくなってほしくなくて。
わたしの顔をじっと見つめたあと、幸野がゆっくりと顔を近づけてくる。
わたしはぎゅっと強く、目を閉じる。
遠く波の音が聞こえて、そっとかすかに、わたしたちのくちびるが重なった。

第四章　それでも生きてほしいから。

1

そのあとは、なにがなんだかよくわからなかった。

頭がぼうっとしてしまって、胸がずっとドキドキしていて、幸野の顔をまともに見ることができない。

そんなわたしを見て、幸野は何事もなかったかのように笑って、わたしの手を握りしめる。

ふたりで砂浜の上を歩き、夕陽が沈むところを見て、ぽつぽつと灯りの灯りはじめた海沿いの夜景をながめ、電車に乗って帰った。

少し混みあった車内で、幸野はずっとわたしの手を握りしめていた。

そしてわたしも——その手を離そうとはしなかった。

最寄り駅に着いたのは、午後八時。

ふつうの高校生なら、まだ出歩いている時間なのかもしれないけど、わたしにしては遅い時間だった。

普段家にこもってばかりいるわたしが、こんな時間に家族以外と外にいるなんて、ちょっぴり悪いことをしている気分だ。

朝帰りしているお姉ちゃんに言ったら、笑われてしまいそうだけど。

「うちのひとに、連絡しなくて大丈夫？」

「う、うん。へいき」

とは言いつつ、もしかしたらお母さんは心配しているかも、なんて思う。

「家まで送るから」

「……ありがと」

なんだかさっきから幸野がやさしい。

触れ合ったくちびるのやわらかさを思い出し、また顔がかあっと熱くなる。

ふたりで夜の道を歩く。

だけどわたしは幸野としゃべれない。

変なやつだと思われているかもしれない。

幸野に気づかれないよう、何度もため息を漏らす。

「あの、さ」

となりから幸野の声が聞こえてきた。

「もし、池澤さんがよかったら、だけど」

わたしたちはいつもの歩道橋の上まで来ていた。

「また一緒にどこか行かない？」

幸野の足が止まる。

わたしも立ち止まり、ゆっくりと幸野の顔を見上げる。

歩道橋の下を、ヘッドライトをつけた車が行き交う。

街の照明が輝いていて、でも橋の上は薄暗くて。

幸野はそこで、まっすぐわたしのことを見つめている。

「……うん」

また一緒に。

約束したら、それまで生きてくれるよね？

消えちゃえばいいなんて、思わないよね？

「今度はお昼、わたしがおごる」

わたしの前で、幸野が笑った。

だからわたしも嬉しくなって、やっと幸野の前で笑えた。

わたしたちは手をつなぎ、家に向かってまた歩きはじめた。

「あっれー？　莉緒？」

薄闇《うすやみ》のなかで声がかかった。

家の門を開けようとしていたお姉ちゃんが、こっちを見ている。

その手には、バイト先のケーキの箱。

「お姉ちゃん！」

驚いたわたしは、とっさに幸野の手を離してしまった。

「え、うそ、もしかして彼氏と一緒？」

大きな声でそう言って、嬉しそうにこっちに近づいてくる。

「お、お姉ちゃん。またお酒飲んでるの？」

「んー、ちょっとだけね。それより莉緒の彼氏くん！　はじめまして！」

お姉ちゃんがわたしたちの前でけらけら笑い、陽気な声を出す。

もう、お姉ちゃんってば、ぜったい酔ってる。

するとわたしのとなりで幸野がちょっと笑って、お姉ちゃんに向かって言った。

「はじめまして。池澤莉乃さん」

「ん？」

お姉ちゃんは一瞬不思議そうな顔をしたあと、すぐにまた笑顔を見せた。

「うん、そうそう、莉乃だよー！　よく知ってるね。いつも妹がお世話になってまーす！　あ、そうだ、帰りにバイト先寄ってケーキもらってきたんだ。うちで一緒に食べてかない？」

「もうお姉ちゃんってば、やめてよ」

わたしはケーキの箱を高く掲げた、お姉ちゃんの服をつかむ。

そのとなりで幸野が言う。

「楽しそうでいいですね」

「うん、楽しいよー。あたしは毎日、楽しいのー」

へらへら笑っているお姉ちゃん。もう、恥ずかしいなぁ。

困ったわたしの耳に、幸野の声が聞こえた。

「おれ、幸野悟っていいます」

幸野はまっすぐお姉ちゃんの顔を見ている。

「……こうの？」

「はい。幸せに、野原の野って書く、幸野です」

お姉ちゃんが笑うのをやめ、眉をひそめた。

幸野は気にせず続ける。

「匠《たくみ》っていう兄がいたんですけどね。中学のときに死にました」

「たくみ……？」

お姉ちゃんの顔色が変わった。

「お姉ちゃん？」

わたしはお姉ちゃんの顔をのぞき込む。

「ははっ、覚えてないですよね、そんな昔のこと」

幸野は乾いた声で笑ったあと、刺すような目つきでお姉ちゃんを見つめて言った。

「でもおれにとっては、ついさっきの出来事にしか思えないんだ」

お姉ちゃんが勢いよく、手で口元を覆《おお》う。

地面にケーキの箱が、くしゃっと落ちる。

幸野はわたしに視線を移し、いつものようににっこり微笑んだ。

「じゃあまた明日。池澤莉緒さん」

暗闇のなかに消えていく幸野の背中。

わたしは呆然とそれを見送る。

「ううっ……」

「お姉ちゃん？」

苦しそうに口元を押さえたまま、お姉ちゃんが家のなかに駆け込んでいく。

なに？　いまの？　なんなの？

幸野はお姉ちゃんのことを知っていて、お姉ちゃんも幸野のことを知っている？

ううん、お姉ちゃんは、幸野のお兄さんのことを知っているんだ。

わたしはケーキの箱を拾うと、お姉ちゃんのあとを追い、急いで家に入った。

家のトイレからは、激しく嘔吐《おうと》している気配がした。

「お姉ちゃん？　大丈夫？」

ドアを叩いても、うめき声しか聞こえない。

「お姉ちゃん……」

お父さんもお母さんも、まだ帰ってないみたいだ。

どうしよう……お姉ちゃんがお酒に酔って、気分を悪くすることはあったけど、こんなにひどいのははじめて見た。

心配で心配で、とりあえずタオルや水を用意してうろうろしていたら、お姉ちゃんがトイレから出てきた。真っ青な顔をして。

「お姉ちゃん、大丈夫？」

駆け寄ってタオルと水を差しだす。

けれどお姉ちゃんはそれを受け取らず、わたしに向かって叫ぶように言った。

「莉緒！　あいつなんなの？」

「え……」

「あんなやつとつきあうのやめな！　すぐ別れなよ！」

呆然と立ちつくすわたしの前で、お姉ちゃんがくちびるを噛みしめる。

「ど、どうしてそんなこと言われなきゃなんないの？」

お姉ちゃんはわたしから顔をそむけて続ける。

「見ればわかるじゃん！　あんなチャラチャラした、見るからに遊んでそうな男。莉緒にぜんぜん似合わない！」

わたしはタオルをぎゅっと胸に抱える。

「莉緒はなんにもわかってないんだよ。ぼうっとしてるし、騙されやすいし。だからあたしの言うことを、黙って聞いてればいいの！」

「い、嫌だ！」

思わず叫んだわたしの声に、お姉ちゃんが驚いたように振り返る。

もしかしたら、わたしがお姉ちゃんに歯向かうなんてこと、今日がはじめてかもしれない。

「や、やだよ。これだけはお姉ちゃんの言うこと聞けない！」

「莉緒……」

青ざめているお姉ちゃんの前で、わたしは言った。

「こ、幸野は、いつもふざけてて、頭くることもあるけど……悪いやつじゃないよ？」

「だからそれが騙されてるって言ってんの！」

わたしはまっすぐお姉ちゃんを見つめて、口を開く。

「お姉ちゃん……幸野のお兄さんのこと、知ってるの？」

幸野が小学生だったころ、中学生だったお兄さん。

だったらうちのお姉ちゃんとおんなじだ。

ふたりは同じ中学校に通っていて、幸野のお兄さんが亡くなったことも、お姉ちゃんは知っているのかも。

お姉ちゃんがわたしから顔をそむける。

そのくちびるが、ふるふると震えている。

「お姉ちゃんと幸野のお兄さんになにがあったか知らないけど……わたしは……幸野のこと、信じてるから」

お姉ちゃんが口元を押さえて、またトイレに駆け込んでいく。

「お、お姉ちゃん！」

「こっち来ないで！」

トイレのなかから、苦しそうな声がする。

「今夜は莉緒と話したくない。あっち行って！」

わたしはトイレの前にタオルと水を置く。

「……わかった」

そして静かに、自分の部屋に入る。

その途端、急に体の力が抜けて、わたしはすとんっと座り込んでしまった。

2

夕べはいろんなことを考えて、また眠れなかった。
お姉ちゃんとはあれからひと言もしゃべっていないし、顔も見ていない。
『あんなやつとつきあうのやめな！』
お姉ちゃんはどうしてあんなことを言ったんだろう。
指先でなんとなくくちびるをなぞり、海でのことを思い出す。
『また一緒にどこか行かない？』
幸野はそう言ってくれた。
わたしはまた幸野に会いたい。
でも……お姉ちゃんと会ったときの、幸野の様子。
具合が悪くなってしまったお姉ちゃん。
おかしい。ぜったい、なにかがおかしい。
「莉緒！　早く食べちゃいなさい！　遅刻するよ！」
わたしはハッと時計を見る。

ヤバい。遅くなっちゃった。

朝食を食べかけのまま立ち上がる。

「いってきます！」

「まったく、朝からぼうっとしてるんだから」

お母さんのぼやきを聞きながら、外へ飛びだす。

お姉ちゃんは今朝、自分の部屋から出てこなかった。


今日はどんよりとした曇り空。

空気はひんやりとつめたい。

騒ぎながら学校へ向かっていく、小学生たちの姿が見える。

わたしはポケットからスマホを取りだし、時間を確認した。

いつもだったら団地を出て、こっちに戻ってくる時間だけど……。

周囲を見まわしても、幸野の姿はない。

いまからでも行ってみよう。途中で会えるかもしれないし。

わたしは走って、団地に向かう。

しかしそこに幸野はいなかった。

先に学校行っちゃったのかな……。

もう一度スマホを出すと、メッセージアプリを開いた。
最近はわたしにメッセージを送ってくる友達もいない。
でも昨日、幸野と連絡先を交換したんだ。
ちょっと指先を迷わせてから、思いきってメッセージを送ってみる。
【おはよう。もう学校行っちゃった?】
しかしいつまで待っても、幸野からの返事は来ない。既読にすらならない。
そんなことをしているうちに、ずいぶん時間が過ぎてしまった。
早く行かないと、遅刻してしまう。
わたしはひとりで、駅に向かって走りだした。

教室に近づくにつれ、足が重くなる。
でもそこに幸野がいるならと思って、無理やり足を進める。
教室の前まで行くと、あかりの笑い声が聞こえてきた。
一度深呼吸をしてから、静かになかに入る。
その途端、ぴたりと笑い声が止まった。
みんなのおしゃべりも消える。
ぞくっと嫌な予感がした。

あかりたちだけでなく、クラス中の視線がわたしに集まっている気がする。

だけどわたしはなにも気づかないふりをして、自分の席に座った。

かすかなざわめきが、教室のなかに戻ってくる。

するとわたしの目の前に、あかりたちが集まってきた。

わたしはなにを言われても動じないように、体を固くする。

「おはよ、莉緒」

いつもは挨拶なんかしないくせに。

黙って顔を上げたわたしの前で、あかりがにっこり微笑んだ。

「昨日は、楽しかった？」

「え？」

「悟と海に行ったんでしょ？」

なんであかりが知ってるの？

背中がひんやりと寒くなる。

わたしの机を囲むように立っている、女の子たちの顔を見まわす。

みんな声を出さずに笑っている。

嫌な予感は当たった。でも意味がわからない。

「どうして知って……」

「クラス中のみんなが知ってるよ。写真見せてもらったから」

「写真？」

わけがわからず、教室のなかを見る。

こっちをうかがっている男子生徒、さっと顔をそむける女子生徒。

心臓がばくばく嫌な音を立てる。

「ああ、莉緒はグループに入ってないから、見てないんだよね。いま莉緒にも送ってあげるね」

あかりがスマホを操作して、ピコンッと送信音を鳴らす。

「ほら、莉緒のスマホに送ったよ」

なにを？

震える手で自分のスマホを取りだす。

もうずっと、やりとりしていなかったあかりのアカウント。

何度も消してしまおうとしたのに、消せなかった。

いつかまた、あかりとやりとりできる日が戻ってくるんじゃないかって、心のどこかで思っていたのかもしれない。

そのアカウントから、メッセージが届いている。

おそるおそる画面を開くと、寄り添いあうように写っている、男女の画像が現れた。

「ひっ……」

思わず口元を押さえる。

それは昨日海辺のレストランで撮影した、幸野とわたしの写真だった。

「なん……で……」

声を漏らしたわたしの視界に、さらに画像が送られてくる。

ふてくされた自分の顔写真と、波打ち際で肩を抱かれている写真。

「よかったねぇ、莉緒。悟とデートできて」

スマホを持つ手が震える。

この写真を、クラス中のみんなが見たっていうの？

胸の奥から、怒りや悲しみや恥ずかしさが、ぐちゃぐちゃになって沸《わ》き上がってくる。

「あともう一枚、あるんだけどー」

あかりが意地悪く、口元をゆがませる。

「えー、あれ、ヤバいよ」

「なんでー、いいじゃん」

あかりの指が、スマホの上をしなやかに動く。

「莉緒に送ってあげるね、っと」

ピコンッという音とともに、わたしのスマホに画像が届く。

それを開いた瞬間、手のひらからスマホを落としそうになった。

だってそれは……わたしたちがキスをしている写真だったから。

「だからあれほど言っただろ？　ひとのこと、簡単に信じるなって」

聞きなれた声が耳に聞こえる。

短く息を吐きながら顔を向けると、通学バッグを肩にかけた幸野が教室に入ってくるところだった。

「あ、悟、おはよー」

あかりの明るい声が響く。

心臓がざわざわと騒ぎだす。

「見たよぉ、悟が送ってくれた写真！　いま莉緒にも送ってあげたの」

幸野はわたしの席の前で立ち止まり、あかりに向かって言う。

「じゃあ、なにしてもらおうかなぁ、あかりんに」

わたしは体を震わせながら、幸野の顔を見上げる。

「池澤さんとキスしたら、なんでも言うこと聞いてくれるって約束だったもんな」

「えー、だってマジでするとは思わなかったんだもん。ねー？」

あかりがまわりのみんなに同意を求める。

なんなの、それ。あかりと約束してたって……。

するとと幸野があはは、っとおかしそうに笑った。

「あかりんたちのやってることはダサいって言ったろ？　こうやってかわいがってやらなくちゃ、池澤さんみたいな子は」

わたしは震える手を強く握りしめる。

幸野はあかりたちと同類だったんだ。

一緒にわたしのことからかって、わたしの反応を見て、陰で笑っていたんだ。

つきあおうって言ったのも、わたしを好きだって言ったのも、キスをしたのも……ぜんぶうそだったんだ。

「うわっ、やっぱこえーわ、おまえら」

木村くんの声がして、あかりがすぐに言い返す。

「うるさいなー、一番ひどいのは悟だからね。あたしのこと殺すとか言うから、マジで莉緒の味方なのかと思ったら、すぐに『本気にした？』なんて言ってきてさぁ。ガチで騙されたわ。最初から莉緒をからかうつもりだったって、ひどすぎでしょー、この男」

あかりの甲高い笑い声が響く。

そのとなりで幸野も笑っている。

わたしは椅子から立ち上がり、そんな幸野に向かって言う。

「あの写真、幸野が流したの？」

幸野は笑うのをやめて、わたしを見る。

「そうだよ」

「撮影したのも？」

「もちろん。撮るのむずかったけど、意外とうまく写ってるだろ？」

涙が出そうになるのを、ぐっとこらえる。

「言いつけなよ、お姉ちゃんに。幸野くんにひどいことをされたって」

幸野の口元がゆるむ。

「お姉ちゃんは池澤さんのことが大好きだから、激おこかもしれないなぁ」

なんで？　なんでそんなこと……。

頭のなかがぐちゃぐちゃになって、もうわけがわからない。

わたしは涙をこらえて、じっと幸野を見つめる。

幸野がさりげなく、わたしから目をそらす。

あかりたちの笑い声を聞きながら、わたしは教室を飛びだした。

3

駅まで走って電車に乗る。
あふれそうになる涙を必死にこらえる。
とにかく遠くに行きたかった。
あの教室から少しでも遠くへ。

最寄りの駅で電車を降り、家に向かって歩く。
歩道橋の階段を上り、いつものように真ん中で立ち止まる。
手すりに手をかけて、くちびるを噛んだ。
悔しい。悔しい。悔しい。
あんなことをした幸野も。
笑っているあかりも。
騙されたわたしも。
ぜんぶぜんぶ、消えちゃえばいいのに。
わたしは手に力を込め、ぐっと身を乗りだした。

走る車。灯る赤信号。
いつもと同じ光景を見下ろしながら、わたしは昨日の海の景色を思い出す。
打ち寄せる波の音。青い空の色。かすかな潮《しお》の香り。
あそこでわたしは言った。
幸野に。『生きようよ』って。
だって幸野がわたしに言ったから。
これから楽しいことがたくさんあるって。
いま死ぬのはもったいないって。
だからわたしは言ったんだ。
『わたしも生きるから、幸野も生きよう』って。
あふれてきた涙を乱暴に拭《ぬぐ》って、手すりから離れる。
「死んだりなんか……しない」
一緒に生きるって決めたから。
『また明日！　池澤莉緒さん！』
あんなことされたのに……それでも生きてほしいから。
明日も、幸野に。
もう一度涙を拭い、わたしはゆっくりと、家に向かって歩きはじめた。

家に帰ると、お母さんはパートでいなかった。だけどお姉ちゃんがいた。
突然帰ってきたわたしを見て、お姉ちゃんは眉をひそめる。
「莉緒？　学校行ったんじゃなかったの？」
お姉ちゃんはまだ青白い顔をしていた。
昨日から変わっていない。
そしてわたしは昨日、お姉ちゃんに言われた言葉を思い出す。
『あんなやつとつきあうのやめな！』
そうだね。お姉ちゃんが言ったことは正しかった。
わたし、幸野に騙されてたみたい。
あんな男に誘われて、浮かれて、バカみたいだった。
それがわかったのに……だけど、わたしは――。
「どうしたのよ？　なにかあったの？」
呆然と立ちつくすわたしに、お姉ちゃんが駆け寄ってくる。
わたしは黙ったまま、首を横に振る。
「……なんでもない」
「なんでもないわけないじゃん！　カバンも持たないで帰ってくるなんて……学校で

なにかされたの？」

お姉ちゃんはそこまで言うと、ハッとなにかに気づいたように顔色を変えた。

「もしかしてあいつ？」

お姉ちゃんの声が震えている。

「幸野悟。あいつになにかされた？」

わたしはなにも言えない。

またあふれそうになる涙を、こらえるのが精いっぱいだ。

お姉ちゃんがわたしの前で、くちびるを噛みしめる。

そのときインターフォンの音が、家のなかに響いた。


「池澤さーん」

外から声がする。よく知っている声だ。

わたしがハッと顔を上げるのと同時に、お姉ちゃんが玄関に走りだす。

「お、お姉ちゃん！」

わたしもあわてて追いかけた。

「待って！　お姉ちゃん！」

お姉ちゃんはわたしを無視して、勢いよくドアを開く。

そのドアの向こうに、幸野が立っていた。

自分の通学バッグを肩にかけ、胸にわたしのバッグを抱えて。

「あ、あんた……なにしに来たのよ？」

お姉ちゃんの声が、ひどく震えている。

わたしはお姉ちゃんの後ろから、幸野の姿を見つめる。

幸野はふっと擦《す》れたように笑って、ひとりごとみたいにつぶやいた。

「お姉ちゃん、いたんだ」

そして持っていたわたしのバッグを、お姉ちゃんに押しつける。

「池澤さんが荷物も持たずに帰っちゃったから、持ってきてあげました」

お姉ちゃんの背中が震えている。

「あと、池澤さんを傷つけちゃったみたいなんで、謝りに」

幸野はそう言って、お姉ちゃんの向こうから顔を出す。

幸野の視線が、まっすぐわたしに刺さる。

「池澤さん、ごめん。ほんとはおれ、池澤さんのことなんか、これっぽっちも好きじゃないんだよ。なのにキスとかして、その気にさせちゃって、ごめんな？」

幸野がわたしに笑いかける。

すると抱えていたわたしのバッグで、お姉ちゃんが幸野の体を殴《なぐ》りつけた。

「あんた！　あの幸野匠の弟なんでしょ！　それであたしのこと恨んで……仕返ししたくて……莉緒があたしの妹だって知ってて、近づいたんでしょ！」

わたしは呆然とその声を聞く。

弟。仕返し。幸野がお兄さんの代わりに、仕返しをしたかったひとって……。

そんな……どうして？

幸野はお姉ちゃんに顔を向けて、うっすらと笑って答える。

「そうだよ。なにも知らずに、のんきに生きてる妹にも、お姉ちゃんのしたことを教えてあげたくて。それにお姉ちゃんの一番大事にしてるものを、精神的に傷つけてやりたかったしね」

お姉ちゃんが幸野の顔に、バッグを投げつけた。

一瞬顔をそむけたあと、幸野はすぐにまた、お姉ちゃんを見つめて笑う。

「でもさ、こんなの仕返しっていうほどのもんじゃないでしょ？　甘いよ。ぜんぜん甘い。あんたらの受けた傷なんて、蚊《か》に刺された程度のもんじゃん」

そして幸野は一歩お姉ちゃんに近づいて、その顔をのぞき込む。

「だけど匠はな、自分の命を投げ捨てたくなるくらいの傷を、あんたに負わされたんだよ。たったひとりで苦しんで苦しんで……あんたのせいで死んだ」

お姉ちゃんが「うっ」とうめいて、口元を押さえる。

「幸野匠は、池澤莉乃に殺されたんだよ」

お姉ちゃんの体がその場に崩れ落ちた。

「お姉ちゃん！」

駆け寄ったわたしの手を、お姉ちゃんが振り払う。

体をふるふると震わせて。

「なんだ、少しはあんたも気にしてるわけ？　思い出すと、吐き気がするくらいには」

幸野がお姉ちゃんをつめたく見下ろしながら笑みを浮かべる。

わたしはお姉ちゃんに寄り添って、その顔を見上げた。

「でもさ、ほんとうに吐きたくなるのって、そんなもんじゃないんだよ。四階から飛び降りたひとがどうなるか、見たことある？　おれはあるよ。実の兄のをな」

お姉ちゃんが体をまるめ、苦しそうに咳《せ》き込んだ。

「お姉ちゃん……」

わたしはお姉ちゃんの背中をさすりながら、幸野の顔を見つめる。

だけど幸野はわたしを見ていなかった。

ただじっと、うずくまるお姉ちゃんの背中を見ていた。

「だ、だったら、殺せば？」

わたしの手を振り払うようにして、お姉ちゃんがふらりと立ち上がる。

そして幸野の前に近づいて、大声を上げた。

「あたしにも匠と同じ痛みを与えれば？　そうしたいんでしょ！　そうしてよ！　莉緒じゃなく、直接あたしに……あたしを殺しなよ！」

お姉ちゃんが幸野の胸元をつかんだ。

そしてそれを力任せに揺さぶる。

「あたしを……殺しなよ！　殺してよ！　いますぐ、ここで！」

「お姉ちゃん！　やめて！」

わたしはふたりの間に入り、体を張ってお姉ちゃんを止めた。

幸野はなにも手を出さない。

ただじっと、虚《うつ》ろな瞳で、お姉ちゃんの姿を見下ろしているだけだ。

「お姉ちゃん！」

抱きかかえたお姉ちゃんが、振り絞るように声を出す。

「ごめんなさい……ごめんなさい……ごめんなさい……」

こんな消えそうなお姉ちゃんの声、はじめて聞いた。

「どうしたらいいの……あたし……」

わたしの腕のなかで、お姉ちゃんが崩れ落ちる。

「苦しいの……死にたい……」

知らなかった。わたしはなにも。

お姉ちゃんがした事実も。

お姉ちゃんが抱えていた想いも。

わたしはずっと、なにも知らずに生きていた。

『ほんとうに知ってたよ、池澤さんのことは』

でも幸野は小学生のころから、お姉ちゃんとその妹のわたしを憎んでいて……。

すると幸野がわたしたちの前で静かに笑った。

「だったら殺すの、やめときます」

わたしはお姉ちゃんを抱きかかえながら、幸野の顔を見上げる。

「死にたいやつを殺したら、そいつの望みどおりになるだけだから。だからあんたには生きてもらいます」

幸野はお姉ちゃんに向かって、吐き捨てるように言った。

「一生苦しみながら、生きればいい」

わたしは黙って幸野を見つめる。

幸野の視線がわたしに移る。

一瞬だけ目が合ったあと、幸野は背中を向けて、わたしの家から出ていった。

4

「莉乃どうしたの？　具合が悪いって……大丈夫なの？」

わたしが連絡すると、パート先からお母さんが帰ってきた。

わたしに抱きかかえられるようにして家のなかに戻ったお姉ちゃんは、トイレで何回か吐いたあと、寝込んでしまった。

「うん……なんか気持ち悪いみたいで……お母さん、そばにいてあげて？」

お母さんは不思議そうな顔をすると、お姉ちゃんの部屋へ向かった。

「莉乃ー？　具合はどうー？　病院行こうか？」

お母さんの声を聞きながら、深く息を吐く。

そして顔を上げると、わたしは制服のまま、ひとりで家を出た。

空は朝より曇っていた。

いまにも雨が降ってきそうだ。

国道に出て、歩道をまっすぐ進む。

一度だけ行った幸野の家は覚えている。

インターフォンを鳴らすと、なかから幸野のお義母さんが出てきた。

「あら、あなたはこの前の……」

わたしの前でそう言ったあと、首をかしげる。

いまはまだ午前中だ。

こんな時間に制服でうろうろしている生徒なんていない。

きっとわたしのことを、不審に思っているんだろう。

「あの……悟くんは……」

「いつもどおり、学校に行きましたけど……」

家にはいないんだ。

さっき幸野は通学バッグを持っていたから、家に帰ったのかもと思ったんだけど……。

わたしは両手をぎゅっと握りしめる。

「もしかして、学校に行ってないの？」

「い、いえっ、そういうわけでは……すみません。失礼します！」

うまい言い訳もできず、ぺこっと頭を下げて背中を向けたわたしに、お義母さんが声をかける。

「あの子、毎朝サッカー部の朝練があるからって、六時ごろ家を出ていくんだけど……部活なんてやってないわよね？」

「え……」

思わず振り返ってしまったわたしに、お義母さんが続ける。

「放課後もバイトがあるからって夜遅くまで帰ってこないし……やっぱりこの家には居づらいのかも……あの、悟くん、あなたになにか話してる？」

「い、いえ……なにも……」

思わずそう答えてしまった。

そして幸野が毎朝、団地の階段に座って、ぼんやりしている姿を思い出す。

幸野は家のひとにうそをついて、毎朝家を出ていたんだ。

家の奥から赤ちゃんの泣き声がした。

お義母さんはあわてた様子でわたしに言う。

「あ、ごめんなさいね。引き止めちゃって」

「いえ……」

「どこにいるのかしら……悟くん……」

赤ちゃんの泣き声を聞きながら、くちびるを噛む。

どこにいるの？　幸野。

わたしは幸野のことを、もっと知りたい。

いま来た道をのろのろと戻る。

頭のなかでは、いろんなことがごちゃ混ぜになっている。

お姉ちゃんのこと。幸野のお兄さんのこと。幸野のこと。

いじめたひと。いじめられたひと。その仕返しに、またいじめたひと。

悔しくて、悲しくて、寂しくて……わたしはどうしたらいいのか、わからない。

だけど、このままじゃだめだってことはわかる。

家の近くで曲がって、小学校のほうへ行ってみる。

校庭では赤白帽子をかぶった子どもたちが、体育の授業でボールを蹴っている。

楽しそうな声を聞きながら、校庭の向こうにある、団地に目を向けた。

昼間でも薄暗い、幸野が住んでいた団地だ。

わたしは強く手を握りしめ、そこへ向かって足を速めた。


「幸野……」

ひと気のない、廃墟のような団地の階段の下に、幸野がぼんやりと座っていた。

わたしがゆっくりと近づくと、一瞬驚いた顔をしてから、すぐにあの擦れた笑顔を見せる。

「なにしに来たんだよ」

わたしは幸野の前で立ち止まる。

幸野はあきれたような表情で、わたしを見上げた。

「あんなことされたのに、なんでおれのとこ来るわけ？　もしかしてまだ、実は幸野くんっていいひとかも、なんて思っちゃってる？　んなわけ、ないじゃん」

ははっと乾いた笑い声があたりに響く。

つめたい風が吹き、かさかさと地面に散った落ち葉をさらっていく。

わたしが黙っていたら、幸野がちょっと顔をしかめて言った。

「池澤さんってさぁ、小学生のころから、なんも変わってないよな？」

わたしはぎゅっと両手を握る。

「嫌なことされても、文句ひとつ言えないで。あかりが飼育係のやつらに命令して、池澤さんひとりに仕事させてたことも、知らないんだろ？」

幸野がわたしをにらみつける。

「あかりは最初から、池澤さんなんか友達だと思ってないんだよ。池澤さんが自分の引き立て役になってくれるから、そばに置いときたいだけだったんだよ。テニス部に誘ったのも、自分より下手くそだから。羽鳥くんのとこに連れていったのも、自分より地味だから。なのに引き立て役のほうが羽鳥くんに告られて、それでムカついて、もういらねーって切り捨てただけ。それを自分にも悪いところがあるとか言ってる池澤さんって、お人よしっつーか、もうほんと救いようのないバカ」

幸野は一気にそこまで言うと、疲れたように大きく息を吐いた。

「見てて……すっげー腹が立つ」

幸野がわたしから顔をそむけた。

わたしは静かに足を動かし、幸野のいる階段に座った。

少しの距離をあけて。

「うん。そうだよ」

わたしはつぶやく。

「わたしはバカだよ」

ほんとうに、バカだった。

「いままでなにも知らないで。知らないまま生きてきて。ほんとうにわたしは……」

うつむいて、膝の上のスカートを強く握りしめる。

そんなわたしのとなりで、幸野が声を出す。

「言っとくけどおれ、池澤さんに謝ってほしいわけじゃないからな。姉ちゃんにも、いまさら謝られたって嬉しくない。そんなことされても、ムカつくだけだから」

わたしは静かに顔を上げると、となりを向いて言った。

「じゃあ幸野は、なんでこんなことしたの？」

幸野は強く目を閉じ、自分の髪をぐしゃぐしゃと掻きまわしながらつぶやいた。

「わかんねぇ……」

また風が吹き、幸野の声が流される。

「母さんが死んで、もう生きる気力もなくなって……だったらムカつく相手を傷つけてから死のうと思って、この町に来た。もしかしたらここで、兄ちゃんに会えるような気もしたし……」

最後のほうは聞き取れないほど、弱々しい。

「でも、毎朝ここに来ても兄ちゃんに会えないし、母さんが『するな』って言ったことしてるし……池澤さんが言ったとおり、ふたりはこんなこと望んでないってわかってる。それなのに……」

握った手を、幸野は自分の膝に叩きつける。

「復讐するくらいしか、自分の生きてる意味がわからなかった」

わたしは黙って幸野の横顔を見る。

幸野はもう一度、自分の膝を叩きつけると、ひとりごとのようにつぶやいた。

「でももう、ぜんぶ終わったから」

ぼんやりと前を向いた幸野の視線は、どこを見ているのかわからない。

「もう……終わりだよ」

幸野がゆっくりと腰を上げる。

そして通学バッグを肩にかけ、枯葉を踏みつけ歩きだす。

曇った空から、白いものがはらはらと落ちてくるのが見えた。

「ど、どこ行くのよ！」

ふっと息を吐くように笑った幸野が、わたしを振り返る。

「家に帰るだけだよ」

「わたしもついていく」

「なんで？ 大丈夫だよ。歩道橋から飛び降りて、死んだりしないから」

幸野はおかしそうに笑って、空を見上げる。

「ほら、雪降ってきたし。池澤さんもさっさと帰りな」

降りはじめた白い雪が、幸野の肩に落ちてすぐに溶ける。

「じゃあまた明日。池澤莉緒さん」

幸野がわたしの目を見て、いつもみたいにそう言った。

立ち上がったわたしは、雪のなかに消えていく幸野の背中を、見つめることしかできなかった。

その日、お父さんが早めに会社から帰ってくると、お父さん、お母さん、わたしの三人で、お姉ちゃんの話を聞いた。

お姉ちゃんはわたしたちの前で、ぽつぽつと昔のことを語った。

小学生のころから、気に入らない子をいじめていたこと。

中学生になると、それがエスカレートしていったこと。

自分は手を出さないで、他の子たちにやらせていたこと。

幸野匠という子を、いじめていたこと。

その子が団地から、飛び降り自殺したこと。

だけど先生にも家族にも、自分が首謀者だとばれなかったこと。

それがずっと、苦しかったこと。

お酒を飲んで、気持ちをまぎらわせていたこと。

それでも苦しくて、ずっと死にたかったこと。

途中で何度か吐きながら、お姉ちゃんは胸の奥にため込んでいたことを、ぜんぶ話した。

お父さんは信じられないといった顔をしていて、お母さんはただおろおろしていた。

わたしはずっと、幸野のことを考えていた。

第五章　わたしがぜったい、そんなことさせない。

1

翌朝、お姉ちゃんは部屋から出てこなかった。

お父さんは会社を休んで、お母さんは黙り込んでいた。

「……いってきます」

つぶやいて、お通夜みたいに静まり返った家を出る。

昨日降った雪はもう溶けて、地面がぐしゃぐしゃに汚れていた。

いつも会う場所に、幸野が来るはずはない。

わたしはぬかるんだ道をひとりで歩き、駅に向かった。


教室のなかは、今日もにぎやかだった。

廊下で一度立ち止まり、わたしは大きく深呼吸する。

あかりの顔と、昨日スマホに送られてきた画像が頭に浮かんで、胸が苦しくなったけど、それを無視して足を踏みだす。

教室に入ると、一瞬ざわめきが消えて、またすぐにもとに戻った。

わたしは自分の席に向かいながら、あかりたちを見る。

こっちを見ている、あかりとまわりの女の子たち。

そのグループのなかに、幸野の姿を見つけた。

幸野は机に頬杖をついて、なにも言わずに窓の外を見つめている。

すっと視線をそらしたわたしの耳に、あかりの大げさな声が聞こえてくる。

「ちょっと見て！　あの子、学校来たよ。信じられなーい」

まわりの子が、くすくす笑う。

「悟にあんなことされて、よく来れるよねー」

「もしかして莉緒、まだ悟くんのこと、好きなんじゃないの？」

「ヤバ。ねぇ、悟。もう一回、デートしてあげればー？」

あかりの声を聞きながら、席に座る。

そんなわたしの耳に、幸野の声が聞こえた。

「冗談だろ、勘弁してよ。それよりさ、今日の放課後、どっか遊び行かね？」

「行く行くー！」

「あ、カラオケは？」

「いいねー」

「じゃあ、決まりな」

楽しそうな笑い声を耳に、わたしはひとりで授業の準備をはじめた。

その日の授業が終わると、幸野はあかりたちと連れ立って、騒がしく教室を出ていった。

わたしは小さくため息をつき、荷物をまとめて校舎を出る。

駅までの道をひとりで歩き、ひとりで電車に乗って、ひとりで降りた。

幸野がいない帰り道は、なにかが足りない。

歩道橋の真ん中で立ち止まり、手すりに手をかけ、行き交う車をながめる。

なにしてるんだろう、わたし。

あんなことをされたのに、まだわたしはここで幸野を待っている。

『仕返ししたあとに、自分で断ち切ればいい』

幸野はしたかったことを終わらせたら、自分で自分を終わらせようとしている。

それが幸野の望みだから。

でもそんなことはわたしがさせない。させてあげない。

手すりをぎゅっとつかんで、遠くをにらむ。

つめたい風がびゅっと吹き、わたしの髪とスカートを揺らす。

こんな自分は、やっぱりどうしようもないバカだ。

どのくらいそこにいただろう。

あたりが暗くなってきたころ、わたしのそばで誰かが立ち止まった。

手すりにうずめていた顔を静かに上げると、そこに制服姿の幸野が立っていた。

「なんで……」

かすかにつぶやいた幸野は、ぎゅっとくちびるを結んで、わたしの後ろを通り過ぎる。

なにも言わないまま。

幸野が階段を下りていく。わたしはその背中を見送る。

『じゃあまた明日。池澤莉緒さん』

その言葉を、もう幸野はわたしに言ってくれない。

歩道をひとりで歩いていく幸野の背中は、なぜだかすごく儚《はかな》く見えた。

翌朝、キッチンに行くと、お母さんがぼうっと座っていた。

「お母さん……おはよう」

わたしの声に、お母さんはハッと顔を上げる。

「ああ、おはよう。ごめんね、まだご飯作ってないんだ」

「いいよ、いらない。もう出るから」

わたしは通学バッグを肩にかけて聞く。

「……お姉ちゃんは？」

お母さんの大きなため息が聞こえる。

「ずっと部屋に閉じこもってる。ご飯も食べないで……今日、お父さんと一緒に、病院に連れていこうと思って」

「そう」

もう一度ため息をついたお母さんに、わたしは言った。

「お母さんは……ご飯食べてるの？　ちゃんと食べたほうがいいよ？」

お母さんが少し驚いたような顔をする。

「だ、だって、お母さんが倒れたら、お姉ちゃんが困るでしょ？　きっとお姉ちゃん、お母さんに話を聞いてもらいたいって思ってるよ。だから……」

「莉緒……」

静まり返ったキッチンに、お母さんの声が響く。

「ありがとね」

わたしはきゅっとくちびるを噛むと、背中を向けた。

「いってきます」

お母さんは疲れきったような声で「いってらっしゃい」とつぶやく。

わたしの家族はきっともう、なにも知らなかったあのころには戻れない。

わたしは今日も学校へ行く。

教室に入ると、あかりの甲高い笑い声が聞こえてくる。

あかりのまわりには取り巻きの女の子たちと、数人の男子が集まっている。

そのなかに幸野の姿を確認して、わたしはなぜかホッとするんだ。

あんなひどいことをされたのに。

あかりたちとわたしのことを、笑っているかもしれないのに。

それでもわたしは、幸野にいてほしいと思ってしまう。

この教室に今日も、いてほしいと思ってしまう。

どうしてかわからないけど……幸野のいない世界なんて、いまはもう考えられないんだ。

幸野があかりと一緒に笑っている。そしてふと、わたしのほうに視線を向ける。

一瞬目が合って、でもすぐに幸野のほうから目をそらす。

わたしはなにも言わないまま、静かに席に着いた。

一日自分の席でじっと授業を受け、放課後になる。

幸野はあかりたちと一緒に騒ぎながら教室を出ていく。

その姿を確認したあと、わたしも教室を出る。

そして歩道橋で立ち止まり、遠くをながめながら、ただぼんやりと時間をつぶす。

あたりが暗くなったころ、幸野が歩道橋にやってくる。

わたしは耳を澄まして、その足音を聞く。

今日も幸野はなにも言わないまま、わたしの後ろを通り過ぎていった。


翌日も、わたしは学校が終わると歩道橋に行き、遅く帰ってくる幸野が通り過ぎるまでそこにいた。

でもその次の日、わたしが歩道橋に行くと、誰かが手すりにもたれて立っていた。

「お姉ちゃん？」

わたしは驚いて駆け寄る。お姉ちゃんはぼんやりと遠くを見ている。

「なにやってるの！　こんなところで！」

一瞬よぎったのは、あの日聞いたお姉ちゃんの声。

『苦しいの……死にたい……』

わたしはぎゅっと強く、お姉ちゃんの腕をつかんだ。

「……莉緒？」

振り向いたお姉ちゃんが、虚ろな目でわたしを見た。

それだけで、わたしはなんだか泣きそうになる。

「……ごめんね」

お姉ちゃんがまた遠くを見つめてつぶやいた。

「あたしずっと、どうしたらいいのかわからなくて……だって匠はもうこの世にいないでしょ？　謝りたくても謝れなくて、それがずっと苦しくて……何度も死んじゃおうかと思ったんだけど……」

ネイルの剥《は》げた爪《つめ》で、お姉ちゃんは手すりをガリッと引っ掻く。

「死ぬのは、怖くて……」

その想いを、お姉ちゃんは何年間もずっと、誰にも話せずにいたんだ。

「お姉ちゃん……わたしもね」

わたしはそんなお姉ちゃんに、いままで誰にも話せなかったことを伝える。

「ここから飛び降りて、消えちゃおうかと思ったことがあるの」

「え……」

お姉ちゃんが目を見開いて、こっちを見た。

「なん……で？」

震える声を聞きながら、わたしは答える。

「わたしいじめられてるんだ。学校で。匠くん……みたいに」

お姉ちゃんの顔が青ざめたのがわかった。

わたしはお姉ちゃんの腕を、もっと強くつかんで言う。

「そしたらね、幸野がここを通りかかって、わたしに言ったの。『また明日！』って」

幸野とはじめて会った日のことを思い出す。

いま思えば、あそこで出会ったことも、幸野の復讐計画のうちだったかもしれないけれど。

それでも――。

「そんなこと言われたら、明日もまた生きるしかないでしょ？」

お姉ちゃんがじっとわたしを見ている。

「お姉ちゃん、わたしは生きるよ。だからお姉ちゃんも……死にたいなんて言わないで」

お姉ちゃんの顔が、くしゃりとゆがむ。

「莉緒は強いね」

「えっ」

「強いよ。莉緒は」

お姉ちゃんはそっとわたしの手を引き離すと、指先で目元を拭って背中を向けた。

あんなに憧れていたお姉ちゃんの背中が、なんだかすごく小さく見えた。

それだけ言うと、お姉ちゃんは歩道橋の階段をひとりで下りていく。

「ひとりで大丈夫。莉緒に泣き顔なんか見られたくないから」

「あ、じゃあ一緒に……」

「先帰るね」

2

それから一週間後。

体育館で体育の授業を終え、わたしはひとりで渡り廊下を歩く。

次はお弁当の時間だ。

更衣室にはあかりたちがいるから、できるだけゆっくり行こうと思っていた。

すると渡り廊下の端《はし》に、ジャージ姿の男子が立っていた。

幸野だ。

わたしはうつむいて、その場を通り過ぎようとする。

しかし幸野は、そんなわたしに声をかけてきた。

「姉ちゃん、元気？」

ハッと顔を上げて幸野を見る。

幸野は冷めた目でわたしを見ている。

胸の奥がざわざわと音を立て、わたしは両手をぎゅっと握りしめた。

「ま、元気なわけないか。病院通ってるんだって？」

「え？」

立ち止まったわたしに幸野が言う。

「昨日、おれが学校に行ってる間、池澤さんの両親と一緒にうちに来たらしいよ。過去のことを謝りに。いまさらそんなことされても、うちの父親戸惑ってたみたいだけど」

幸野はジャージのポケットに手を突っ込んで、足元を払う。

「ていうか、そういうのは母さんが生きているうちにしてほしかった」

わたしはうつむいて、のどの奥から声を押しだす。

「ごめ……」

「だからおれは、池澤さんに謝ってほしいなんて言ってねーだろ！」

顔を上げると、幸野はイライラした表情で、自分の髪をくしゃくしゃと掻きまわした。

「とにかくこれでぜんぶ終わり。もうおれにつきまとうな」

幸野が背中を向けて去っていく。

わたしはその場に立ちつくし、ただ呆然とその背中を見送った。

ぼんやりとした頭で更衣室まで戻る。

なかにはもう誰もいない。

着替えようと思ってロッカーを見ると、わたしの白いワイシャツがなくなっていた。

わたしと幸野の写真が出まわったあと、嫌がらせはおさまっていたんだけど……またか。

小さく息を吐いたとき、更衣室のドアが開き、クラスの女の子たちが顔を出した。

「池澤さん」

名前を呼ばれ顔を向ける。

ひとりの女の子がシャツをわたしに差しだす。

「これ……池澤さんのでしょ？」

「え……」

ゆっくりと近づいて、手を伸ばした。

だけど女の子は困ったようにうつむく。

「でもね……」

受け取ったシャツを見る。

白い生地に、赤い血のようなものがついている。

ケチャップだ。

あかりの笑い声が頭のなかにぐるぐる響く。

「さっきあかりちゃんが、ロッカーから取りだしたのを見たの。バッグからケチャップを出して、優奈ちゃんにシャツを汚すように命令してた。そのあと廊下のゴミ箱に捨てたのを見て、わたしたち……」

女の子たちが気まずそうに顔を見合わせる。

「ごめんね。止めてあげられなくて。でも最近のあかりちゃんや幸野くんがやってること、ひどすぎるよ」

わたしは赤く染まったワイシャツを見下ろしながら、口を開く。

「拾ってくれたんだね、ありがとう」

「それ、洗いに行こう」

「落ちるといいんだけど……」

声をかけられ、胸がじんわりとあたたかくなる。

だけどわたしは首を横に振った。

「ううん、大丈夫。今日はこのままジャージでいる」

ぎこちない笑顔で笑いかける。

するとの子たちもやっぱりぎこちなく笑ってくれた。

「じゃあ一緒に教室戻ろう」

その言葉にうなずいて、わたしは急いで支度をした。


教室に戻ると、あかりたちが窓際の席に集まってお弁当を食べていた。

いつものように騒がしく。

そのそばで幸野は、ぼんやり窓の外をながめている。

『もうおれにつきまとうな』

さっきの言葉を思い出し、視線をそらす。

女の子たちと別れ、わたしはひとり、バッグのなかからお弁当箱を取りだした。

だけどわたしの耳には、どうしてもあかりの声が聞こえてしまう。

「えー、優奈、駅前のドーナツ屋でバイトはじめたんだ」

「うん、今度あかりたちもおいでよ」

「行く行くー！　今日は？　バイトあるの？」

「え、あるけどー」

「じゃあ、今日、部活サボって行く！　ね、悟ー、一緒に行こうよ」

あかりの声が一段と高くなり、幸野がそれに返事する。

「ごめん。今日おれもバイト」

「えー、バイトって、葬儀屋さんの？」

「うん」

「マジで？　まだやってんの？　オバケ出ない？」

幸野の少し笑った声が聞こえる。

「出ないよ。そんなの」

「オバケっていえばさぁ」

あかりが楽し気な口調で言う。

「あたしが通ってた小学校の近くの、ボロい団地。もう誰も住んでないんだけど……そこに出るらしいんだよね」

わたしはハッと顔を上げ、あかりたちのほうを見た。

あかりは机に身を乗りだして、みんなの顔を見まわし、大げさに口を開く。

「中学生の、幽霊が」

胸の奥に痛みが走った。

とっさに幸野に目を向ける。

だけど幸野はなにも聞こえないかのように、窓の外を見ている。

「そこって男の子が飛び降り自殺した団地でさぁ。その子の幽霊が出るらしいんだよねぇ……地縛霊《じばくれい》になって」

「やめてよ、そんな話！　こわっ」

「あ、でもあたしも聞いたことある。成仏《じょうぶつ》できずに、夜の団地をさまよっているって」

女の子たちがキャーキャー騒ぎだす。

「マジ？　じゃあ行ってみるか？」

「いいね。肝試し大会しようぜ」

近くにいた男の子たちも話に加わる。

「えー、こわすぎ」

「おもしろそうじゃん」

「男子ってこういうの好きだよねー」

「行こうぜ、みんなで。なぁ、悟？」

サッカー部の木村くんが、幸野の背中に声をかける。

幸野は振り向かないで答える。

「おれは……いいや」

「え、なんでだよー。あ、もしかしておまえ、ビビってんのか？」

「まさかぁ、悟は葬儀屋さんでバイトしてるんだよ？　オバケにビビるわけないじゃん」

みんなの笑い声が教室内に響く。
わたしはじっと幸野の横顔を見つめる。
誰も住んでいない古い団地。
毎朝そこに通っていた幸野。
だけど会えないって言っていた。
お兄さんにはもう会えないって。
でも幸野は会いたかったんだ。
いまでもお兄さんに、会いたいと思っているんだ。
「ねっ？　悟も一緒に行こっ？」
あかりが幸野の顔をのぞき込み、甘ったるい声を出す。
その瞬間、胸の奥からなにかがあふれた。
わたしは汚れたワイシャツをつかんで席を立ち、まっすぐあかりたちのもとへ行く。
「あかり」
強く、心を込めて、その名前を呼ぶ。
あかりがわたしのほうを見た。不満そうな顔つきで。

「これ」

わたしはあかりの机の上に、赤い染みのついたシャツを置く。

まわりが急に静まり返り、みんながわたしに注目している。

「もうこういうのやめて」

「は？」

あかりが顔をしかめた。

だけどわたしは思ったことをそのまま吐きだす。

「嫌なの。こういうことされるの。だからもうやめて」

幸野がゆっくりとこっちを見た。

あかりがわたしをにらみつけて言う。

「なに言ってんの？　あたしがやったって証拠あるの？　いい加減なこと言わないでよ！」

あかりが手を広げ、シャツを叩きつけた。

だけどわたしは顔をそむけない。

今日はちゃんと言うんだ。

嫌なことは嫌だって、ちゃんと伝えるんだ。

「証拠は、あるよ」

わたしは机の横にかけてある、あかりのバッグをつかんだ。

そしてファスナーを開き、なかに手を突っ込む。

「ちょっ、なにしてんのよ！」

「ほらっ、これ！」

ケチャップをつかんで、あかりの前に突きつけた。

「あかりがやったんじゃなくても、やらせたのはあかりでしょ！　もうこういうことしないで！」

あかりがくちびるを噛みしめ、顔を真っ赤にする。

そして立ち上がると、わたしの手からケチャップを奪った。

「うるさい！　あたしはあんたが嫌いなんだよ！　グズでバカで、ひとのあとちょろちょろくっついてくるだけでなんにもできないくせに、男からかわいがられて……なんなの？　あんたなんかのどこがいいの？　マジでムカつく！」

あかりはケチャップのキャップを開けると、わたしに向けて力任せに押した。

「きゃっ……」

手でよけたけど、わたしの顔も髪もジャージも、真っ赤に染まる。

わたしはぐっと奥歯を食いしばり、あかりの目を見つめて言った。

「あかり」

あかりがわたしをにらみつける。

「あかりとちゃんと話しあわなかったのは、わたしも悪かったと思ってる」

羽鳥先輩とのことも、あのときもっとしっかり、あかりと話せばよかったんだ。

「もっと早く自分の気持ちを、あかりに伝えなきゃいけなかった」

嫌なことは嫌だって、こんなことはやめてって、あかりに言えばよかったんだ。

それだけじゃない。

小学生のころ、誘ってもらえて感謝したことも、あかりにそばにいてほしいって思ったことも……ちゃんと自分の言葉で伝えていなかった。

『バイバイ、莉緒！　また明日！』

あかりにそう言ってもらえて、また明日会えるのが嬉しかったことだって——。

わたしはあかりの目をしっかり見つめて、口を開いた。

「遅くなっちゃったけど言うね。もうこういうのはやめてほしい」

あかりの顔がみるみる赤くなる。

「あんたねー！　生意気なんだよ！　莉緒のくせに！」

あかりがわたしにつかみかかった。

わたしもその腕をつかんで、窓に体を押しつける。

ガシャンッと大きな音が響いて、そばにいた女の子たちが驚いて離れた。

「やめてって言ってるでしょ！　あかりのこと、友達だと思ってたのに！」

「うるさい！　莉緒なんか、友達じゃない！」

あかりがわたしの髪を引っ張ってきたから、わたしは必死に引き離そうとする。

取っ組み合いになったわたしたちのことを、みんなが呆然と見ていた。

だけどわたしはもう、あかりの言いなりにはならない。

わたしは自分で自分を守る。

そして大事なひとも、守ってあげたい。

あかりが大きく手を振り上げた。

その手が勢いよくわたしの顔面に向かってくる。

とっさに目を閉じたわたしの耳に、その声が聞こえた。

「やめろよ。もう」

ゆっくりと目を開くと、あかりの手をつかんでいる幸野の姿が見えた。

「もうやめろ……こういうの……」

幸野が疲れたような声でそう言った。

「は？　なんなの？」

あかりはそんな幸野の手を振り払ってから、ふっと口元をゆるめる。

「え、もしかして、いつものあれ？　やめなよ、悟ー。また莉緒が信じちゃうから。

幸野くんがわたしを守ってくれた、なんてさー」

あかりがおかしそうに笑いだす。

まわりの女の子たちもぎこちなく笑う。

だけど幸野は笑わなかった。

「もう……めんどくさい」

「は？」

「もうなにもかも、消えちゃえばいい」

幸野があかりの肩をつかんで、ガラス窓に押しつけた。

「きゃっ……」

小さな悲鳴を上げたあかりの、すぐ横の窓が開いていて、外から風が吹き込んでくる。

あかりの長い髪が、風にふわっとなびいた。

「言ったよな、おれ。今度池澤さんを傷つけたら、おれがあかりを殺すって」

「は？　悟だってやってたじゃん。莉緒のこと騙して傷つけて、笑ってたじゃん」

「ああ、そうだよ。だからおれはおれを殺す。だけどその前に、おまえを先に殺すよ？」

笑っているあかりの顔が青ざめる。

「な、なに言ってんの？　うそでしょ？」

「うそじゃないよ。おれ、頭おかしいって言っただろ？」

幸野の手が、あかりを窓に押しつける。

あかりは首を動かし、窓の外を見て、体を震わせる。

「あ、あたしを落とすつもり？」

「そのつもり」

「で、できるわけない！」

あかりの叫び声と同時に、幸野の手があかりの肩をつかんだ。

そして開いている窓へ、体を押し込む。

誰のだかわからない悲鳴が、教室に響く。

「だめっ！」

わたしはふたりの間に入り込み、幸野の体にしがみついた。

「違う！　違うよ、幸野！　そうじゃない！　あんたの行く方向はそっちじゃない！」

幸野がぼんやりとわたしを見下ろす。

「そっちに行ったらだめ！　戻ってきて！　お願いだから……こっちに……」

幸野はわからないと言っていた。

自分の生きている意味が。

きっとわからないまま、この世界をふらふらと彷徨《さまよ》っているんだ。
幸野の体に、顔を押しつけた。
すぐ近くで、心臓の音が聞こえる。
生きてる。幸野は生きてる。
この命を自分で消させたりしない。
わたしがぜったい、そんなことさせない。
やがて幸野がゆっくりと、あかりから離れた。
わたしの後ろで、あかりがへなへなと座り込む。
「あかり！」
悲鳴のような声を上げ、バタバタと駆け寄ってくる優奈たち。
わたしは幸野の制服をつかんだまま、その顔を見上げる。
幸野はじっとわたしを見ていた。
悔しそうな、悲しそうな、寂しそうな表情で、ただ黙って……。
「なにやってるんだ！」
数人の生徒と一緒に、担任の先生が教室へ飛び込んできた。
ただごとではない騒ぎに、誰かが先生を呼びに行ったのだろう。
突然「わあっ」と、あかりが大声で泣きだした。

教室のなかがざわめきだす。

先生はまっすぐ、こっちに駆け寄ってくる。

それを見た幸野は、わたしの体を乱暴に引き離すと、その手で思いきり突き飛ばした。

「幸野っ！」

大きな音を立て、わたしは派手に床の上に転がった。

「池澤さん！」

そばにいた女の子たちが駆け寄ってくる。

抱き起こされたわたしの目に、先生に腕をつかまれている幸野の姿が映った。

3

「ぜんぶ、話せるか？　いままであったこと」

その日、わたしたちの教室は、他のクラスの先生たちまで駆けつけてきて、大騒ぎになってしまった。

あかりは幸野に暴力を振るわれたと泣きじゃくり保健室へ、幸野は職員室へ連れていかれた。

幸野に突き飛ばされたわたしも被害者とされて、いま相談室で、担任の先生に事情を聞かれている。

「実は昨日、クラスの女子たちから、相談を受けていたんだ。クラス内で目に余るいじめが起きているってな。それで今日、池澤とも話をしようと思っていたところだったんだ」

そうか。誰かが先生に話したのか。

わたしはうつむいて、握りしめた自分の手を見下ろす。

ジャージの袖《そで》には、まだケチャップがついている。

「物を隠されたり汚されたり、そういう嫌がらせがあったのはほんとうか？　最近は個人的な写真をＳＮＳで流されていたらしいじゃないか」

わたしはずっと黙っていた。

先生はそんなわたしを見て、小さくため息をつく。

「話して仕返しされるのが怖いか？　でも幸野は、さっき職員室で認めたそうだぞ？　剣持あかりと一緒に、池澤にひどいことをしたって」

ハッと顔を上げる。

先生はじっとわたしを見ている。

「落ち着いたら剣持にも事情を聞くつもりだ。悪かったな、いままで気づいてやれなくて」

先生がわたしの前で頭を下げる。

だけどわたしは小さく首を横に振る。

違う。わたしは先生に謝ってほしいわけじゃない。

あかりとも、もうもとには戻れないってわかっている。

でも幸野は……幸野のことは……。

わたしの頭に、歩道橋の上にひとりで立つ、幸野の姿が浮かんだ。

「あの、先生……幸野くんはいまどこにいるんですか？」

「ん？　幸野か？　あいつは家に帰らせた。とりあえず自宅謹慎《きんしん》ってことで……」

「わ、わたしも帰ります！」

突然立ち上がったわたしを、先生が不思議そうに見上げる。

「池澤？」

「い、いじめのことは……もう大丈夫です。わたし、嫌なことは嫌って言えたから……それにもう、ひとりじゃないってわかったので」

このクラスのなかにも、わたしのことをわかってくれる子たちがいる。

だからわたしはきっともう、大丈夫だ。

「わたしが大丈夫なら、剣持さんや幸野くんが、なにか処分を受けることもないですよね？」

「あ、ああ……でも池澤、どんな理由があっても、やったほうが悪いわけで……」

「わかってます。剣持さんたちにされたことを、許したわけじゃないです。だけどわたしはここでもう、ぜんぶ終わりにしたいんです」

ぺこっと頭を下げて部屋から出ようとするわたしに、先生があわてて声をかける。

「ちょっと待て、池澤……」

「失礼します！」

わたしは振り向かずに、廊下へ飛びだした。

校門を抜け、駅に向かって走る。

電車に飛び乗り、最寄り駅で降りてまた走る。

走りながら考えた。たくさん考えた。

幸野のお兄さんに、ひどいことをしたお姉ちゃん。

わたしとお姉ちゃんに、仕返しをした幸野。

憎しみはどこかで断ち切らないと、永遠に続いてしまう。

そうなったらもう、わたしにも幸野にも、明るい明日なんか永遠に来ない。

そんなのは、嫌。わたしは嫌なんだ。

「幸野っ！」

息を切らしながら、歩道橋の階段を駆け上がる。

歩道橋の真ん中に、ぼんやりと立っている人影が見える。

絡まりそうになる足を必死に動かし、わたしは後ろから、そのひとの服を引っ張った。

幸野の制服は、ひんやりとつめたい。

わたしが息を切らしていると、ゆっくりと振り返った幸野が口を開いた。

「なに……してんだよ」

わたしは制服の裾《すそ》をつかんだまま答える。

「幸野が……消えないように……」

じっとわたしを見下ろしたあと、あきれた表情で言う。

「おれみたいないじめっ子とは関わるなって、先生に言われなかったのか？」

わたしはぎゅっと、服をつかんだ手に力を込める。

「離せよ」

「い、嫌だ」

幸野がわたしをにらみつけた。

だけどわたしは首を横に振る。

「ぜったい離さない！　勝手なことして、勝手にすべて終わらせたつもりになって、勝手にわたしの前から消えようなんて……そんなこと、わたしがさせない！　許さない！」

歩道橋の上に、つめたい風が吹く。

サイレンを鳴らした救急車が、歩道橋の下を通り過ぎていく。

やがて幸野が、かすれた声でつぶやいた。

「……ほんと、わかんねぇ」

幸野は力が抜けたように、その場にしゃがみ込む。

わたしも服をつかんだまま、同じように腰を落とす。

「なんでだよ……わかんねぇ……おれ、池澤さんにひどいことたくさんしたのに……なのにさっきも、団地の話に割り込んできたよな？　おれにあれ以上聞かせないように……」

幸野が自分の髪を、くしゃくしゃと掻きまわす。

「なんでそんなことするんだよ！　こんなどうしようもないやつ、ほっとけばいいだろ？」

「わ、わたしだってわかんないよ！」

幸野の前で、わたしは言った。

「幸野のしたことは許せない。でも幸野が勝手に消えるのは、もっと許せないの！」

幸野がじっとわたしの顔を見た。

わたしは涙が出そうになるのをぐっとこらえる。

「ねぇ、幸野」

そしてひと言ずつ、噛みしめるようにつぶやいた。

「幸野は雨のなか、濡れながら全力でわたしを追いかけて、ブレザー貸してくれたよね？　ゴミ箱に手を突っ込んで、手を汚してまで、わたしのお弁当拾ってくれたよね？」

あのときの光景は、いまもはっきり覚えてる。

「わたしを傷つけようとしてたくせに、どうしてそこまでしてくれたの？」

幸野がそっと目をそらす。

「あれはうそじゃないよね？　幸野のやさしさだったんだよね？」

わたしは幸野の服を、もっと強くつかむ。

「歩道橋の上でわたしの話を聞いてくれて、わたしはなんにも悪くないって言ってくれた言葉も。ウサギ小屋の前で、この先、楽しいことがたくさん起きるよって話してくれた言葉も。あれは幸野の本心だったんでしょ？」

わたしはそう信じてる。

「わたしそんな幸野に『また明日！』って言ってもらえたから、明日も生きようと思えたんだよ？　だから勝手にわたしの前から消えるなんて、ぜったい許さない」

幸野はしばらく黙り込んだあと、ぽつりとつぶやいた。

「消えないよ、おれは」

その声に、わたしは顔を上げる。

「てか、できないんだ。この前まで、死ぬのなんて、なんにも怖くないって思ってたのに……いまは、すごく……怖い」

わたしは静かに息を呑む。

「きっとぜんぶ……池澤さんのせいだ」

歩道橋の真ん中に座り込み、幸野がわたしの顔を見つめた。

わたしもまっすぐ、幸野の顔を見つめる。

橋の下を行き交う車の音も、街のざわめきも、いまはなにも聞こえない。

いまわたしたちは、この世界にふたりぼっち――そんな気がした。

「……だから大丈夫」

幸野がわたしの手を引きはがして言った。

「そんなに心配しなくても大丈夫。ほんとうに死んだりしないから」

「ほんとに？」

「ほんとに」

わたしは黙ったまま、幸野を見つめる。

すると幸野がぽつりと言った。

「ごめんな？」

「え……」

「池澤さんの家族までめちゃくちゃにしちゃって」

幸野がいつもみたいにほんの少し笑う。

なんで？　なんでそんなふうに笑うの？

先に幸野の家族を壊したのは、わたしのお姉ちゃんなのに……。

幸野はわたしを残し、ゆっくりと立ち上がった。

「こんなおれを追いかけてくれて、ありがと」

わたしを見下ろす幸野の顔が、ぼやけてよく見えない。

「でもこれ以上一緒にいたら、池澤さんまでヤバいやつだと思われちゃうから」

そして涙をこぼすわたしに向かってこう言った。

「じゃあ……」

幸野はもう言わない。

「また明日」って、わたしに言わない。

そしてその次の日から、幸野は学校に来なくなった。

第六章　このどうしようもない世界のなかで、一緒に生きよう。

1

「莉緒ー、行くよー、美術室ー」

「ちょっ、ちょっと待ってぇ……」

「スケッチブック持ってきなよー。あんたすぐ忘れるんだからー」

「わかってる！」

バタバタ準備をして、わたしを待ってくれている女の子たちのもとへ走る。

そしてみんなで笑いあいながら、廊下を歩く。

なにげなく窓の外を見たら、瑞々《みずみず》しい新緑に覆われた桜の木が見えた。

春。わたしは高校三年生になり、一か月が過ぎた。

去年の苦しかった一年がうそだったかと思うほど、わたしはいま、春風のようにおだやかな高校生活を送っている。

「ねぇ、菜摘《なつみ》ってさ、二組の緒方《おがた》くんとつきあってるらしいよ？」

「うそっ、緒方くんって、あのバスケ部のイケメン？」

「知ってる！　あたしもあのふたりが一緒にいるとこ、見たことある！」

「しかも緒方くんから告ってきたんだって?」

「うわー、マジで? あたしひそかに緒方くん狙ってたのにー」

女の子たちの話題はくるくる変わる。

好きな男の子のこと。イケメンアイドルのこと。新しくできたお店のこと。おいしいスイーツのこと……。

あいかわらずわたしは口下手だし、アイドルのこととかよくわからないけど……みんなの話を聞いているだけで嬉しくなる。

そして別のクラスになったあかりの話題は、もうまったく出てこない。

わたしに対するいじめが先生たちに発覚したあと、厳重注意をされたあかりは、しばらくおとなしかった。

そのうち春休みになり、三年生に進級すると、あかりはまた新しいクラスのなかで、一番目立つ位置を確保したようだ。

たまに廊下で、あかりがわたしの知らない派手な女の子たちと、一緒に笑っているところを見かけることはある。

だけどいま、あかりが誰と仲がいいのかとか、誰のことが好きなのかとか、そんなのはまったく知らない。

きっとわたしとあかりが関わることは、もう二度とないだろうと思う。

『バイバイ、莉緒！　また明日！』

幼かったころを思い出し、ちくりと胸が痛む。

みんなでおしゃべりしながら、渡り廊下を渡る。

そのときわたしは、スマホをいじりながら前から歩いてくる、生徒の姿に気がついた。

細身で背が高くて、短めの黒い髪の男子生徒。

わたしがいることに、気づいているのかいないのか、スマホに目を落としたまますれ違う。

わたしの心臓が、波のように揺れた。

「ねぇ、いまの幸野くんじゃない？」

ひとりの女の子がみんなにささやく。

「なんか雰囲気変わったね」

「うん。落ち着いたっていうか……」

「教室でも、おとなしいらしいしね」

女の子たちが、去っていく幸野の後ろ姿をちらちら気にしながら話す。

わたしは黙ってそれを聞いている。

あの騒ぎのあと、幸野は学校に来なくなって、そのまま三年生に進級した。

新学期がはじまり、たまたまのぞいたとなりの教室で、幸野がいるのを見かけた。

明るかった髪は黒く変わっていて、誰ともしゃべらずに、ひとりでぼんやり座っていた。

そのあとも、ときどき廊下で見かける幸野は、今日みたいにひとりでいることが多い。

わたしはそんな幸野と話すことも、一緒に帰ることも、毎朝会うこともない。

あの日、歩道橋まで追いかけたとき、「じゃあ」と言って別れた幸野は、もうわたしに駆け寄ってこない。

『こんなどうしようもないやつ、ほっとけばいいだろ？』

そうだ、もうあんなやつ、ほっとけばいい。

わたしはそれを望んでいたはず。

なのにわたしは幸野の姿を見かけるたび、体中が熱くなって、心臓がざわざわ騒いで、すごく苦しい気持ちになってしまう。

だって幸野の顔は、いつだってどこか寂しそうで、泣いているみたいに見えたから。

ぜんぜん楽しそうでも、幸せそうでもなかったから。

廊下にチャイムが鳴り響いた。

「ヤバっ、早く行かなきゃ！」

みんなでバタバタと走りだす。

わたしはスケッチブックを胸に抱えて、ちらっと後ろを振り返る。

幸野はこちらを振り向くこともなく、廊下の角を曲がって消えてしまった。


放課後、校舎から一歩外に出ると、五月の風がやさしく頬をなでた。

校門のわきに立つ大きな桜の木は、緑の葉をかすかに揺らしている。

駅まで続く道をひとりで歩き、電車に乗って三駅目で降りた。

そしてまた、あたたかい風に吹かれながらひとりで歩く。

いつものように歩道橋の階段を上ったところで、わたしはときどき足を止める。

ここで最後に、幸野の服をつかんだことを思い出す。

『きっとぜんぶ……池澤さんのせいだ』

歩道橋の手すりに手をかける。

ゆっくりと暮れていく空をながめる。

幸野はいま、なにを考えているんだろう。

わたしのこと、どう思っているんだろう。

もう忘れてしまいたいのかな。

だってわたしはお姉ちゃんの妹だから。

きっともう、わたしは幸野に関わらないほうがいいんだろう。

きゅっとくちびるを噛みしめ、鼻をこする。

だけどそう考えるたび、胸がすごく痛くなって、涙が出そうになるんだ。

会いたいな。またここで。

一緒に話して、一緒に笑いたい。

一緒に手をつないで、一緒に出かけたい。

『この先、楽しいことがたくさん起きるよ』

起きないよ。そんなの。

幸野がここにいてくれないと。

幸野と一緒じゃなかったら、楽しいことなんて起きない。

友達といる時間は、おだやかで心地よいけど、なにかが足りない気がするんだ。

やわらかな風が、少し伸びたわたしの髪を揺らす。

わたしは目元をごしごしとこすると、手すりから手を離し、家に向かって歩きはじめた。

「ただいま……」

「おかえり、莉緒」

玄関に入ると、お母さんが出かけようとしているところだった。

「ちょうどよかった。これから莉乃と、おばあちゃんち行ってくるから」

わたしはハッと顔を上げる。

そうだった。今日はお姉ちゃんがおばあちゃんの家に行く日。

「今夜はお母さんも泊まってくるからね。あ、夕飯支度してあるから、お父さんと食べて」

「うん……」

目の前で話すお母さんの向こうに、お姉ちゃんがキャリーバッグを持って立っている。

家族にぜんぶ告白して、わたしと歩道橋で話したあとも、お酒がやめられなかったお姉ちゃん。

病院でカウンセリングを受けたりしていたけれど、気分の浮き沈みが激しくて、バイトも内定をもらっていた会社もやめてしまった。

それで家にずっとこもっていたのが、今度は「家にいたくない」って言いだして。

お母さんの勧《すす》めで、海のそばのおばあちゃんちで、今日からしばらく暮らすことになった。

「莉緒」

お姉ちゃんがわたしに声をかけてくれた。

わたしは部屋に上がって、お姉ちゃんの前に行く。

お姉ちゃんは最近ずっと、わたしに話しかけてくれなかった。

どうしてなのか、わかるようでわからない。

でもなんとなくは、わかる。

「莉緒。ごめんね」

お姉ちゃんがかすれた声でつぶやいて、どこか寂しそうに微笑む。

ああ、この顔……幸野と同じだ。

幸野もわたしに「ごめんな」って言って、こんな表情をした。

ぼんやりするわたしの前で、お姉ちゃんは続けて言う。

「いろいろ迷惑かけてごめん。あたしがいなくなったら、莉緒は莉緒の好きなように生きてね」

わたしはお姉ちゃんの前でなにも言えない。

迷惑ってなに？

わたしはお姉ちゃんのこと、迷惑だなんて思ってない。

たしかにお姉ちゃんがしたことは、許されないことだと思っている。

でもわたしにとってのお姉ちゃんは、たったひとりのやさしいお姉ちゃんで……。

そんなふうに考えるのも、許されないことなの？

ぎゅっとくちびるを噛みしめる。

だけど涙があふれて止まらない。

「莉緒。あんたはあたしの大事な妹」

お姉ちゃんのやわらかい腕が、ふわっとわたしの体を抱きしめる。

わたしはそんなお姉ちゃんのやせ細った体にしがみつく。

「お姉ちゃん！　学校がお休みの日は、おばあちゃんちに遊びに行くからね！　だからわたしのこと待っててね。勝手にいなくなったりしたら、わたしが許さないからね！」

お姉ちゃんはわたしを抱きしめたまま、静かにつぶやいた。

「莉緒。ありがとう。またね」

お姉ちゃんの体がわたしから離れる。

「またね！　お姉ちゃん！」

お姉ちゃんがお母さんと一緒に、家を出ていく。

わたしはその場に立ちつくし、考える。

もしかしてお姉ちゃんは、わたしから逃げたかったのかもしれない。

いや、わたしというか、幸野から逃げたかったんだ。

わたしがいまも、幸野のことを気にしてるって気づいているから……だからお姉ちゃんはこの家を出ていったんじゃないかって、わたしは思っている。

小さく息を吐き、誰もいないキッチンに入る。

するとテーブルの上に、お姉ちゃんがバイトしていたケーキ屋さんの箱が置いてあった。

箱にはお姉ちゃんの字で書かれた、メモが貼られてある。

『大好きな莉緒と、お父さんへ』

箱のなかをのぞいてみたら、いつか店長が試作したイチゴののったケーキが商品となって、ふたつ並んでいた。

わたしの目から、また涙があふれる。

わたしは床に膝をつくと、子どもみたいに声を上げて、わんわん泣いてしまった。

そして泣きながら思った。

もうこんなふうに、誰にも泣いてほしくないって。

2

「莉緒……早いな。もう起きてたのか？」

「あ、おはよう。お父さん」

翌朝、わたしはまだ暗いうちに起きて、お弁当を作った。

お姉ちゃんを送っていったお母さんは、おばあちゃんちに泊まっているからいない。

起きてきたお父さんは、わたしの作ったものを見て、不思議そうな顔で聞く。

「学校の弁当か？　やけに量が多くないか？」

「いいの。これで」

ついでにお父さんの朝食も用意してあげて、いつもより早く家を出る。

「いってきます。お父さん」

「ああ、気をつけてな」

玄関先まで出てきたお父さんが、わたしを見送ってくれた。

わたしは駅のほうへは行かず、まだ小学生の登校していない通学路を歩き、学校のフェンスに沿って進む。

久々にやってきた団地のあった場所は、建物がすっかり取り壊され、更地《さらち》になっていた。

立ち入り禁止のロープのそばには、看板が立っていて、ここにマンションが建設されると書かれてある。

わたしはその場に立ちつくし、朝の日差しに照らされている地面を見ながら、寒かった季節を思い出す。

毎朝、つめたい風の吹くなか、古い団地の階段に、幸野はぼんやりと座っていた。

だけど幸野は言っていた。

ここにいても、お兄さんには会えないって。

わたしはお弁当の入ったバッグをぎゅっと抱え込む。

幸野はずっと、お兄さんを探してる。

いまもずっと、探してる。

でも、お兄さんには、もう会えない。

この世界は変わらない。

だからわたしたちは、お兄さんのいないこの世界で、生きていくしかないんだ。

きっといつまでも、あの日に立ち止まったままじゃ、だめなんだ。

わたしは顔を上げる。

真っ青な空が頭の上に広がっている。

そして昨日、お姉ちゃんに言われた言葉を思い出す。

『莉緒は莉緒の好きなように生きてね』

うん、お姉ちゃん。そうさせてもらうよ。

どうあがいても、もがいても、この世界で生きるしかないんだったら、わたしはここで幸せになりたい。

きっと、幸せになってもいいはずだ。

わたしも、幸野も。


朝のにぎやかな廊下を駆け抜ける。

「あ、おはよう、莉緒」

「どうしたの？　そんなに急いで……」

「お、おはようっ！　またあとで！」

ぽかんとしている女の子たちを追い抜いて、わたしはとなりのクラスに飛び込んだ。

「幸野っ！」

大きな声でその名前を呼び、幸野の席の前に立つ。

ぼんやり外をながめていた幸野は、わたしに気づき、驚いた顔をする。

「お願い。一緒に来て」

「え？」

わたしは幸野の腕をつかむ。

幸野がびくっと肩を震わせ、すぐにそれを振り払う。

「なに言ってんだよ。もうすぐ授業はじまるぞ？　自分の教室に帰れ」

幸野がわたしから目をそらす。

わたしは幸野の机の前で、その姿を見下ろす。

楽しそうに笑いあっている、生徒たちの声。

窓から差し込む、明るくてあたたかな日差し。

にぎやかな教室のなか、この席だけが止まっている。

幸野だけが、いつまでもずっと、止まったままなんだ。

「もう一度、海に行きたいの」

わたしは幸野に向かって、言葉を吐いた。

「海？」

顔をしかめた幸野の前で、わたしは強くうなずく。

「もう一度、あの日をやり直したいの」

わたしは再び、幸野の手を取った。

「わかんなくてもいいよ。とにかく一緒に来て」

幸野のバッグを肩にかけ、その手を引っ張り立ち上がらせる。

近くの席にいた生徒たちが、わたしたちのことを不思議そうに見ている。

そんななか、わたしは幸野を連れて教室を出る。

「ほんと……意味わかんねぇよ、池澤さんって……」

幸野はもう一度ぼそっと言ったけど、わたしの手を振り払おうとはしなかった。

「意味……わかんねぇ……」


電車に乗って、海のある駅を目指した。

車内は今日もすいていて、わたしたちは並んで席に座る。

まだ寒かった日、幸野に連れられて、こうやって電車に乗ったのを思い出す。

あの日、眠ってしまった幸野がわたしにもたれかかってきて……わたしと触れ合った体が、すごくあたたかかったっけ。

わたしはちらりと、となりに座る幸野を見る。

幸野はわたしと目を合わせないように、黙って窓の外を見つめていた。

終点で電車を降りると、ひとの流れに沿って、改札を抜けた。

空はよく晴れていて、春のやわらかい風が、制服のスカートの裾を揺らす。

少し歩くと、目の前に海が見えてくる。

同時に、あの日ふたりで入ったレストランも見えて、胸がちくんっと痛む。

わたしは黙ったままの幸野の腕をつかむと、国道のわきの階段を下り、砂浜に向かった。

「わぁ……」

目の前に広がった青い海を見て、思わず声が漏れる。

幸野はそんなわたしのとなりでため息をつき、やっと言葉を吐いた。

「で、どうしたいんだよ？」

「え？」

「あの日をやり直して、おれに仕返しでもするつもりか？」

となりを見ると、幸野がふてくされた表情で、くしゃくしゃと黒い髪を掻いた。

わたしはその顔を見つめながら、首を横に振る。

「違うよ。やり直したいのは、その日じゃない」

幸野が不思議そうにわたしを見下ろす。

「わたしがやり直したいのは、四年生の遠足だよ」

「四年生の……？」

　わたしは幸野の前でうなずいた。

　そして通学バッグのなかに手を入れる。

「ほら、見て。わたし、お弁当作ってきたの。レジャーシートもあるよ？」

　バッグのなかから、お弁当を取りだすと、幸野は顔をしかめた。

「なんのつもり？」

　わたしは手を下ろし、静かにつぶやく。

「今日、お兄さんの亡くなった日だよね」

　幸野がひゅっと息を呑む。

　四年生だったわたしたちが遠足に行って……家に帰った幸野が見たのは、もう亡くなってしまったお兄さんだった。

「幸野はまだ……あの日で止まったままなんだよね？」

　幸野はお姉ちゃんに言っていた。

　あの日のことは、昔のことなんかじゃない。

　ついさっきの出来事みたいだって。

「でもそれじゃ、だめなんだよ。このままじゃ、幸野に楽しいことがきっと来ない」

　わたしは手を伸ばし、幸野の制服をぎゅっとつかむ。

「だって幸野が言ったんだよ。これからわたしにも幸野にも、楽しいことがきっと起きるって」

幸野がわたしの手を振り払おうとする。

でもわたしはその手を上からつかんだ。

「それにわたしも、幸野がいないと楽しくない。学校にいても家にいても、なにかが足りない。でも幸野がいれば……これから楽しいことが、きっとある。きっと、たくさんある」

幸野の手をぎゅっと握りしめて言う。

「だからわたしと一緒にいてよ。わたしのそばに……いてほしい」

幸野がわたしの前でくちびるを噛んだ。

そして静かにつぶやく。

「なんで……おれなんだよ」

その声はかすれていた。

「おれなんかやめろよ。他に男はたくさんいるだろ？　羽鳥くんみたいないいひとにも、告られたんだろ？　なに考えてんだよ。池澤さんはほんとうにバカだ」

「うん」

わたしはうなずく。

「わたしは……ほんとうにバカだね」

どうしようもない想いが、涙と一緒にあふれる。

幸野の前で笑ったはずなのに、わたしはいつの間にか泣いていた。

わたしの頭のなかに、たくさんのひとの顔が浮かぶ。

お姉ちゃんの顔。あかりの顔。お母さんとお父さんの顔。見たことのない幸野のお兄さんやお母さんの顔。

そのひとたちの声や想いがぐちゃぐちゃに混じりあって、わたしのなかに波のように押し寄せる。

わたしは間違っているかもしれない。

正解なんてわからない。

でもやっぱりわたしは……幸野じゃなくちゃ、だめなんだ。

幸野はそんなわたしをじっと見ていた。

ただ黙ってじっと見て、やがてその手をそっと伸ばす。

「だったら……」

幸野の手が、わたしの背中に触れる。

そしてそのままぐっと、自分の胸に抱き寄せた。

「だったら池澤さんも、いなくなるなよ」

わたしの涙で濡れた顔が、幸野の制服に押しつけられる。

「おれも池澤さんに……そばにいてほしいから」

幸野の手に、力がこもった。

苦しくて、でも離れたくなくて、わたしはその体にすがりつく。

「うん……わたしはいるよ」

くぐもったわたしの声は、幸野の耳に届くだろうか。

「ずっと、幸野のそばにいるよ」

だから帰ろう。遠足から帰ろう。

もう怖くないから。大丈夫だから。

つらかったら、わたしが支えるから。

「このどうしようもない世界のなかで、一緒に生きよう」

生きていればきっと、こんなわたしたちにも幸せが来る。

わたしたちはまた明日、一緒に笑いあえる。

手を伸ばし、幸野の体を抱きしめた。

ぎゅっと強く、抱きしめた。

幸野はわたしの肩に顔をうずめ、声を立てずに泣いていた。

3

「えっと……こっちがおにぎりで、こっちがサンドイッチ。おにぎりの中身は鮭《さけ》とおかかと梅干し。サンドイッチはハムと卵とツナだから」

わたしたちはお互いの目が真っ赤になるまで泣いて、ぎこちなく体を離して、なんとなく気まずいまま、レジャーシートの上にお弁当を広げた。

わたしの説明を聞いている幸野は、さっきからずっと唖然とした顔をしている。

「あのさぁ……」

「な、なに？」

レジャーシートの上で正座をして幸野を見る。

「これぜんぶ、ひとりで作ったの？」

「うん、そうだよ」

「ふたり分だよな？」

「うん」

「ちょっと……多すぎないか？」

「え、だって……幸野がおにぎりとサンドイッチ、どっちが好きかわからなかったし。

中身もなにがいいのかわからないから……」

つまりわたしは、幸野のことをなんにも知らないんだ。

顔を上げると、幸野がじっとわたしを見ていた。

わたしはあわてて口を開く。

「こ、幸野は、おにぎりとサンドイッチ、どっちが好き?」

「どっちも」

「え……」

「池澤さんが作ってくれたものなら、どっちも」

今度はわたしがぽかんっと口を開けたら、幸野がおかしそうに笑った。

そして鮭のおにぎりとハムのサンドイッチを両手に持つと、「いただきます!」と言って、勢いよく食べはじめる。

「うん、うまい。おにぎりもサンドイッチも」

その様子を見ていたら、なんだか体の力がふわっと抜けた。

「よかった。じゃあわたしも……」

「池澤さんは、サンドイッチが好きなんだよな」

幸野がぽつりとつぶやく。

「え?」

「四年生の遠足の弁当、サンドイッチだっただろ？」

そういえば、そうだったかもしれない。けど……。

「な、なんで知ってるの？」

「見てたから」

「え……」

「ははっ、キモいって思っただろ？　でもガチだから」

幸野はわたしを見て、いたずらっぽく笑う。

「見てたんだよ、ずっと。三年のときも、二年のときも」

「う、うそでしょ？」

「うそじゃないよ。だから知ってる。普段おとなしいのに、泣いてる子がいると真っ先に駆け寄っていくところとか、転んで怪我した子がいたら、自分のことはそっちのけで保健室に連れていくところとか」

信じられなかった。

幸野は四年生のとき、お兄さんの事件でお姉ちゃんを知って、それで妹のわたしのことも知ったんだと思っていたから。

わたしの記憶が、急速に過去に遡《さかのぼ》っていく。

そして忘れていたひとつの記憶が、突然頭によみがえる。

そこにいた男の子の顔は、よく覚えていないけど……。

「もしかしてわたし……幸野を保健室に連れていったことある？」

幸野が静かにうなずいた。

「小二のころな。おれが放課後、校庭でサッカーやって遊んでて、怪我しちゃったとき。ランドセル背負ったまま、ひとりだけ駆け寄ってきてくれた。ほんとはあかりたちと帰るところだったのに、そのせいで置いていかれて……でも走れば追いつくからって。あかりちゃんはゆっくり歩いてくれるから大丈夫だって。おれの前で笑ったんだ」

わたしの顔が、なんだか急に熱くなる。

「それからずっと見てたよ。ウサギの世話してるところも、遠足で弁当食べてるところも。一度も同じクラスにならなかったから、池澤さんは気づいてないだろうけど」

幸野はそこで一回息を吐いたあと、まっすぐわたしを見つめて言った。

「好きだったんだ。ずっと」

その言葉が胸に染み込み、心臓がドキドキと音を立てる。

「でも四年生のとき、あんなことがあって……池澤さんが、おれの恨んでるやつの妹だって知って、もうどうしたらいいのかわからなくなって……結局おれは、好きな子を傷つけた」

幸野がわたしの前で笑った。すごく寂しそうに。

「ごめんな……ほんとに……」

わたしは首を横に振った。じわじわと胸の奥が熱くなってくる。

「あの……あの、わたしも……」

勇気を出して、声を振り絞る。

一番大事なことをいま、幸野に伝えたいと思ったから。

「わたしも……好きだから……幸野のこと」

幸野はじっとわたしを見て、それから泣きそうな顔で笑う。

そしてわたしに向かって、こう言った。

「知ってるよ。そんなこと」

海風に吹かれながら、わたしたちは見つめあう。

わたしの目からじわっと涙があふれて、幸野はごまかすように、おにぎりとサンドイッチを頬張った。

「池澤さんも、食べなよ。おいしいよ」

「うん。食べる」

わたしは幸野の前で微笑んで、サンドイッチを口に入れた。

黄色い卵のサンドイッチは、少ししょっぱい味がした。

遠足のとき、クラスのみんなで行った展望灯台に、ふたりで上った。

少し強い風を受けながら、制服姿のわたしたちは、並んで海をながめる。

青くて広い海は、あのころとなんにも変わっていないけど、わたしたちは変わってしまった。

もうあのころに、戻ることはできない。

ちらっととなりを見ると、幸野が黙って海を見ていた。

また少し寂しくなって、わたしは幸野の手を握る。

幸野は視線を動かし、小さく笑うと、わたしの手を強く握り返した。

電車に乗って、最寄りの駅で降りた。

さっき見たスマホには、友達からのメッセージが入っていた。

登校したあと、すぐにいなくなったわたしを心配してくれたんだ。

わたしは「ごめんね」と返事をし、「明日ちゃんと話すね」と続けた。

「ここでいいよ」

歩道橋の真ん中で立ち止まり、幸野がつないでいた手を離した。

遠くの空が、ほんのりピンク色に染まっている。

「い、家まで送る」

わたしの声に、幸野がははは𝄀っと、明るく笑う。

「大丈夫だって。池澤さん、心配しすぎ。ちゃんと家に帰れるから」

遠足の日を思い出し、わたしの胸がちくんっと痛む。

そしてもう一度、幸野の手を取る。

「ほんとうに……大丈夫？」

「大丈夫だよ」

幸野がまっすぐわたしを見て言った。

「今日はもう……『あの日』じゃないんだから」

幸野の手が、わたしから離れる。

そしてその手を、わたしに向かって大きく振った。

「じゃあ、また明日。池澤莉緒さん」

わたしもまっすぐ幸野の顔を見て、大きくうなずいて言った。

「また明日。幸野悟くん」

そうだ。わたしにはまた「明日」が来る。

そして目の前にいる幸野にも、「明日」は来るんだ。

あんなに来てほしくなかった「明日」を、わたしはこんなにも心待ちにしている。

幸野はわたしに笑顔を見せて、階段を駆け下りていく。
わたしは歩道橋の手すりに手をかけて、歩道を見下ろす。
家に向かって駆けていく幸野が、振り返って手を振った。
わたしもそんな幸野に向かって、大きく手を振る。
「明日もまた、会おうね」
明日、わたしたちに、楽しいことがたくさんありますように。
爽やかな風が吹き、わたしの髪をやさしく揺らした。

あとがき

こんにちは。水瀬さらです。

たくさんの書籍の中から本作をお手に取っていただき、誠にありがとうございます。

スターツ出版文庫さまより再び青春恋愛小説を出すことができて、とても嬉しく思っております。

この作品は、生きることに絶望し、もう消えちゃってもいいかなと思っていたふたりが出会い、恋をして、また明日も生きたいと思えるようになるまでの物語です。

いじめの描写や、「死」に関わるエピソードも出てくるので、読むのがつらい方もいたかもしれません。それでもこの物語を読み終えたあとに、少しでもなにか心に残るものがあればいいな、と思って書きました。

作中で幸野が言っていたように、わたしも「死は身近なこと」だと思っています。自分とは関係ないことに思えて、実は誰のそばにもあるもの。だからわたしは物語の中で「生死」を扱うことが多いです。

つらい出来事があったとき、それをどう乗り越えて前に進んでいくか。乗り越え方は人それぞれだと思いますが、この物語のように、自分にとって大切な人と出会って、その人と一緒にまた明日も生きたいと思えるようになるのも、ひとつの乗り越え方なんじゃないかな、なんて思っています。

あなたにとっての大切な人が見つかりますように。そしてあなたも誰かにとっての大切な人なのだと思います。

最後になりましたがお礼の言葉を。

担当編集さま。ライターさま。編集部の皆さま。

この物語をより良くするため、お力を貸していただき、ありがとうございました。

装画を担当してくださった、岡虎次郎さま。

密かに「いつか自分の作品の表紙を描いてもらいたい」と願っていたので、イラストを担当してくださると聞いたとき「奇跡だ！」と思いました。

美しい風景と、イメージどおりのふたりを描いていただき、とても嬉しく思っております。ありがとうございました。

また、この本に関わってくださったすべての皆さまに、心よりお礼申し上げます。

そしてなにより、いまこれを読んでくださっている読者のあなた。

本当に本当にありがとうございました。

またいつか、お会いできることを祈っております。

水瀬さら

この物語はフィクションです。実在の人物、団体等とは一切関係がありません。

水瀬さら先生へのファンレターのあて先
〒104-0031　東京都中央区京橋1-3-1　八重洲口大栄ビル7F
スターツ出版（株）書籍編集部 気付
水瀬さら先生

残酷な世界の果てで、君と明日も恋をする

2024年1月28日　初版第１刷発行

著　者　　水瀬さら　

発 行 人　菊地修一
デザイン　フォーマット　西村弘美
　　　　　カバー　齋藤知恵子
発 行 所　スターツ出版株式会社
　　　　　〒104-0031
　　　　　東京都中央区京橋1-3-1　八重洲口大栄ビル7F
　　　　　出版マーケティンググループ　TEL 03-6202-0386
　　　　　（ご注文等に関するお問い合わせ）
　　　　　URL　https://starts-pub.jp/
印 刷 所　大日本印刷株式会社

Printed in Japan

ISBN　978-4-8137-1533-7　C0193